无界文库

027

Собачье сердце

狗心

Михаил Булгаков

[苏] 米哈伊尔·布尔加科夫 著

曹国维 译

中信出版集团 | 北京

图书在版编目（CIP）数据

狗心 /（苏）米哈伊尔·布尔加科夫著；曹国维译.
北京：中信出版社, 2025.8. ——（无界文库）.
ISBN 978-7-5217-7771-0

Ⅰ. I512.45

中国国家版本馆 CIP 数据核字第 2025RR2677 号

狗心
（无界文库）

著者： ［苏］米哈伊尔·布尔加科夫
译者： 曹国维
出版发行：中信出版集团股份有限公司
（北京市朝阳区东三环北路 27 号嘉铭中心　邮编　100020）
承印者： 嘉业印刷（天津）有限公司

开本：787mm×1092mm 1/32　　印张：7.75　　字数：84 千字
版次：2025 年 8 月第 1 版　　　　印次：2025 年 8 月第 1 次印刷
书号：ISBN 978-7-5217-7771-0
　　　　　　　　　　　　　　定价：19.90 元

版权所有·侵权必究
如有印刷、装订问题，本公司负责调换。
服务热线：400-600-8099
投稿邮箱：author@citicpub.com

1

呜——呜——呜——呜——呜——咕——咕——咕!噢,看看我吧!我快死了。暴风雪在门洞里哀号,给我做送终祈祷,我也跟着哀号。我完了,完了。那个帽子邋遢的坏蛋——中央经委职工标准营养食堂的炊事员——一桶开水泼来,烫伤了我左面半个身子。坏透的恶棍,还无产者呢。上帝,我的上帝,疼死了!都伤着骨头啦。我现在只有哀号的分儿,不停地哀号,可哀号顶什么用。

我碍着他什么啦？我在泔水池里刨点吃的，就把经委吃穷啦？吝啬鬼！你们什么时候去瞧瞧他那副丑相：横里倒比竖里宽，这个满面红光的贼。唉，人们呵，人们。中午，圆帽泼了我一桶开水，这会儿天暗了，普列奇斯坚卡消防队那里飘来大葱味儿，按说该是下午四点光景。消防队晚上吃粥，这你们知道。不过粥是最没劲的东西，就像蘑菇。话说回来，我听普列奇斯坚卡熟识的狗说，似乎涅格林大街的巴尔饭店里，顾客吃的就是现成的蘑菇，浇上辣味佐料，得三卢布七十五戈比一客。这事儿叫谁愿意谁吃，反正，跟舔套鞋似的，没味儿……呜——呜——呜——呜——呜……

半个身子疼得受不了，我的前景我自己看得最清楚：明天伤口就会溃烂，请问，我拿什么治疗？夏天还能跑跑索科尔尼基公园，那儿有种疗效特好的药草，另外，还能白捡好些香肠头，公民们到处乱扔的油纸，也能让你舔个够。要不是有个老家伙在月光下的场子里没完没了地唱《亲爱的阿伊达》[1]——唱得我心里空落落的——那就没比这更好的去处。可眼下能去哪儿？人们没用皮靴踢过你屁股？踢过。你肋骨上没挨过砖头砸？苦头吃够啦。我什么罪都受过，认命了。要说我现在在哭，那是因为我又疼又冷，我还没咽气……狗的生命力是旺盛的。

可我的身体已经受尽折磨，到处是伤。人们把它作践够了。你们知道，主要是圆帽冲我泼来的开水烫伤了皮，这样，左面半个身子一点保护也没有。我很容易得肺炎，万一得了肺炎，公民

---

[1] 出自意大利作曲家威尔第（1813—1901）所作歌剧《阿伊达》。拉达梅斯以此曲向阿伊达倾诉爱情。（本书注释如无特殊说明，均为译者注。）

们，我准得活活饿死。按说，得了肺炎应当在正门楼梯底下躺着静养，可谁会为我这只单身的病狗东走西跑地去垃圾箱里找食？得了肺炎，我就只能爬，浑身没力气，随便遇上哪个懂行的，都会一棍子把我打死。然后，那些戴号牌的清洁工就会扯着我的腿，一把甩到大车上运走……

无产者里，就数清洁工最可恶，最没用。全是人渣，最末等的货色。厨师倒是有好有赖。譬如，普列奇斯坚卡故世的弗拉斯。他救了多少狗呵。因为生病时最要紧的是吃点好东西。老狗们常常念叨说，从前弗拉斯一抬手，甩出根骨头来，上面的肉呀，足足有五十克。单凭他是个真正的好人，托尔斯泰伯爵家的大厨师，不是标准营养食堂的炊事员，他也该在天国享福。食堂炊事员搞的什么标准营养——我这狗脑袋压根儿就闹不明白。你要知道，他们呀，天杀的，用臭咸肉熬汤，那些可怜虫居然一点不知道，跑进食堂，吃了还舔。

　　有个打字的妞儿拿九级工资，四张半十卢布票子。不错，情人准会送她一双麻纱长袜，可你知道，为了这双长袜，她得受多少玩弄。他不是一般地和她偷欢，他用法国人的办法。嘿，这些法国人全是流氓，这话咱们自个儿说说。尽管他们吃喝舍得花钱，每餐都有红葡萄酒。还有……打字的妞儿来了，当然，靠四张半十卢布票子上不了巴尔饭店。她连看电影都没钱。可看电影是娘儿们唯一的乐趣。她发抖，皱眉，还是一股劲儿地往下咽……想想吧：光两道菜就四十戈比，其实，这两道菜加一块儿，连十五戈比都不值——余下的二十五戈比，都叫总务主任捞走了。她需要的难道是这种伙食？她右上肺不好，还有法国式性爱留下的妇女病，扣了病假工资，食堂供应的尽是臭肉，瞧，她来了，来了……穿着情人送的长袜跑到门洞里来了。两条腿冰冷，风吹到肚子上，这都怪她的衣服跟我这身毛一样。她的裤子也不暖和，光式样好看。她穿这种透风的玩意全是为了情人。你倒让她换条法兰绒裤子试试，他准会大喊大叫：你怎么一点儿不懂打扮！我讨厌我的玛特廖娜，讨厌法兰绒裤子，这会儿我当了主任，不管捞到多少钱，我全花在女人身上，花在对虾上，花在阿布劳-久尔索香槟酒上。年轻时我挨饿挨够了，受穷受够了，再不享受，进了棺材，什么也就没了。

我可怜她，可怜！但我更可怜自己，我说这话不是自私，噢，不是，因为我们确实条件不一样。她家总还暖和，可我呢，我呢……我上哪儿暖和去？呜——呜——呜——呜——呜！……

"咕叽，咕叽，咕叽！沙里克，呵，沙里

克……你干吗惨叫,我的小可怜,谁欺负你了?哎唷……"

干燥的暴风雪刮得大门乓乓直响。这风婆子的掸子扫下来,揍得妞儿的脸生疼。裙子给掀到膝盖上,露出肉色的长袜和没洗干净的花边内裤的裤边。妞儿憋得说不出话,狗身上落了一层白。

我的上帝……什么鬼天气……哎哟……肚子疼。准是咸肉作怪,咸肉!这种日子什么时候能变样?

妞儿低下头,冲锋一样奔跑,一眨眼便出了大门。街上,暴风雪吹得她团团转,走都走不稳,终于她被飞旋的风雪裹住,消失了。

狗留在门洞里。烫伤的半边疼得厉害。它贴紧冰冷的墙根,喘着粗气,横下一条心,哪儿也不去,死也死在门洞里。它彻底绝望了,内心是那么痛苦、孤独和恐怖,一滴滴丘疹大小的狗泪夺眶而出,旋即,干了。烫伤的半边,戳着一撮撮冻在一起的湿毛,中间露出斑斑不祥的红色伤口。这些炊事员太无聊,太愚蠢,太残忍。"沙里克",妞儿这么叫它……见鬼,它算什么"沙里克"?沙里克就是小球,叫这个名字,该是圆圆的、胖胖的、傻乎乎的、吃燕麦粥的良种小狗,可它呢,又高又瘦,一身乱草般的长毛,成天饿着肚子东奔西跑,不过是条无家可归的野狗。话说回来,这名字不赖,单为这个也得谢谢妞儿。

店门砰的一声,街对面亮着灯光的商店里出来一位公民。正是公民,不是同志,甚至得叫先生。越近越清楚——是位先生。你们以为我看人是看大衣?胡扯,这会儿穿大衣的多着呢,连无产者也穿。确实,领子不一样,这不用多说,不过,路远,也会把人看错。看人得看眼睛!这样,路近路远都不会看错。噢,眼睛可是了不起的东西,就像晴雨表,谁个坦荡,谁个可能平白无故地用靴子朝你肋骨踢上一脚,谁个见人都怕,全都一清二楚。在这号胆小鬼的脚踝上咬一口,那才开心哩。你怕,我就咬你。既然你怕,你就活该……嗯儿——嗯儿——嗯儿……汪——汪……

先生稳步穿过风雪弥漫的大街,朝门洞走来。对,对,这位的为人一目了然。这位绝对不吃臭咸肉,要是哪儿端给他这种东西,他准会大吵大闹,写信给报社:我,菲利普·菲利波维奇,食物中毒啦!

瞧,他越走越近。这位吃得很好,但不偷不抢,这位不会用脚踹你,但他谁也不怕。不怕,因为肚子总是饱饱的。他是位从事脑力劳动的先生,一部尖尖的法国式络腮胡子,两撇灰白的髭须又厚实又漂亮,式样就像法国骑士。可惜,他身上吹来的味儿难闻透了——一股子医院味,还有香烟味。

见鬼,请问,他到中央经委的合作商店干什么来了?瞧,他走到我身边了……他在找什么?呜——呜——呜——呜……他在这个破商店里有什么可买的,难道猎人街的商品嫌少?什么味儿?!灌——肠。先生,要是您见过这灌肠是什么做的,您连商店的门都不会进。把它扔给我吧。

狗使出浑身力气,疯狂地从门洞里爬向人行道。暴风雪打枪似的在它头上啪啪作响,扬起帆布宣传画上的大字:"恢复青春,可能吗?"

当然可能。一股灌肠的香味就让我恢复了青春,让我站了起来,它像阵阵热浪刺激着空了两天两夜的胃。它压倒医院的气味,它来自天堂,这美妙的伴着大蒜和胡椒的剁碎马肉的香味。我感觉到,我知道,灌肠装在他大衣右边的口袋里。他在我上方。噢，我的主宰！瞧瞧我吧。我快死了。我们命中注定是奴隶，是卑贱的畜生！

狗向前爬，像蛇一样肚子贴着地面，泪水满面。您看看这炊事员作的孽吧。不过，您是绝不会把灌肠扔给我的。唉，我太了解你们这些有钱人了！其实，您要它干什么？要这种腐烂的马肉干什么？您在哪儿买的灌肠也比在莫斯科农业联合公司买的强。您今儿个已经用过早餐，您是世界名人，移植男子性器官的专家。呜——呜——呜——呜……这个世界搞什么名堂？看来，我还死不了，绝望是真正的罪过。舔舔他的手吧，没别的法子。

神秘的先生俯身看狗，金丝镜架倏地闪出一道光亮。他从右边口袋里掏出一个椭圆的白纸包。没脱咖啡色手套，打开纸包。暴风雪立时刮走纸片。先生从所谓的"克拉科夫特制灌肠"

上掰下一块,把它扔给狗。噢,大方的施主!呜——呜——呜!

"咻,咻,"先生吹了两声口哨,随即一本正经地说,"吃吧,沙里克,沙里克!"

又是沙里克。都管我叫沙里克。行,您高兴怎么叫就怎么叫。既然您救了我的命。

狗倏地撕开灌肠皮,呜咽着叼住灌肠,三口两口把它吞了。灌肠和雪噎得它流泪——它吃得太猛,险些把灌肠上的绳子也一起吞了。让我再次,再次舔舔您的手。吻您的裤子,我的恩人!

"够啦,先吃这些……"先生厉声说,仿佛在下命令。他俯身用探究的目光看了看沙里克的眼睛,突然用戴手套的手亲切而又温柔地在它肚子上捋了一下。

"嗬,"他意味深长地说,"没有项圈,真太好了。我找的就是野狗,跟我走吧。"他打了个响指。"咻,咻!"

"跟您走?走到天边都行。即使您用毡靴踢我,我也绝不叫一声。"

普列奇斯坚卡大街上亮着灿烂的路灯。尽管半边身子疼得厉害,沙里克却常常忘了伤痛。它只有一个念头:千万别在来往的行人中丢失穿皮大衣的美妙身影,尽量向他表示自己的爱戴和忠诚。顺着普列奇斯坚卡大街走到奥布霍夫巷的路上,它作了六七次这样的表示。吻了一次先生的毡靴,在苗尔特维巷附近,为替先生开路,它一声怒吼,吓得一位太太坐到了石墩上,它又呜呜地呻吟两次,免得失去先生对它的怜悯。

一只混账的、冒牌的西伯利亚野猫,从排水管后面钻出来。尽管刮着暴风雪,这家伙还是嗅到了克拉科夫灌肠的香味。想到这位富有的怪人,居然收养躺在门洞里的伤狗,说不定也会把这个贼带回去,不得不和它分享莫斯科农业联合公司的产品,沙里克气疯了。它把牙齿咬得咯咯直响,吓得那猫咪的一声——像是水龙带漏水——顺着排水管蹿上了二楼。嘚儿——嘚儿——嘚儿……汪!滚吧!莫农联的灌肠买得再多,也喂不了普列奇斯坚卡大街所有的野种。

先生喜欢沙里克的忠诚,于是又在消防队附近,传出悦耳的圆号声的窗子边上,赏了它一块灌肠,这次小了点,只是一小块。

嘿,怪人。使着法子引诱我。放心!我自个儿都不想跑。我跟定您了,您让我上哪儿都行。

"咻,咻,咻!走这儿!"

去奥布霍夫巷?请。这条巷我们太熟啦。

"咻,咻!"

走这儿?行……哎,不行,您请等等。不行。这儿有门卫。世上没比门卫更坏的。比清洁工危险十倍,简直就是凶神恶煞,比猫都可恶。穿金边制服的屠夫。

"你别怕,进去。"

"您好,菲利普·菲利波维奇。"

"您好,费奥多尔!"

瞧,这才是大人物。我的上帝,你让我遇到谁啦!我的运气真好!他究竟是什么人,居然可以从门卫身边把街上的野狗带进住宅合作社的公寓?你们瞧瞧,这个浑蛋没声音,也没动!对,他的眼睛阴沉沉的,不过一般地说,这个金边帽圈一副无所谓的样子。好像事情应该这样。尊敬,先生们,极其尊敬!我和他一起,跟他走。怎么,碰着你啦?你干瞪眼吧。要是在这只长茧子的无产者脚上咬一口,那才痛快。你们这帮看门的,平时尽欺负咱们狗,动不动抡起刷子往我脸上揍,都多少回了,啊?

"走,走。"

明白,明白,别担心。您到哪儿,我到哪儿。您只要指路就行,我不会落下的,半个身子再疼也不碍事。

先生在楼梯上对着下面问:

"没我的信,费奥多尔?"

费奥多尔对着楼上恭敬地回答:

"没有,菲利普·菲利波维奇,"随即压低声音亲昵地补充,"三号里搬进住宅合作社的人啦。"

狗的恩人在楼梯上倏地转过身,俯向栏杆外面,惊恐地问:

"什么?"

他的眼睛瞪得溜圆,胡须翘起。

门卫在楼下抬起头,用手拢着嘴,肯定说:

"没错,四个人。"

"我的上帝！想想也知道，这下三号里会乱成什么样。那四个人干什么了？"

"倒也没干什么。"

"费奥多尔·巴甫洛维奇呢？"

"他买屏风去了，再买点砖头。想请人把房子隔开。"

"鬼知道怎么回事！"

"除了您那套，菲利普·菲利波维奇，所有的住宅都会安排人住进去。刚开过会，选了新的管委会，把原先的人全撤了。"

"莫名其妙。哎呀——呀——呀……咻，咻。"

来了，先生，我跟着您呢，您请赏脸瞧瞧，我的伤口疼。请让我再舔舔您的毡靴。

门卫的金边帽圈在楼下消失。大理石的梯台上暖气片散发的暖气扑面而来。又转个弯，瞧，到二楼了。

2

识字完全没必要,既然肉的香味隔着一里地都能闻到。不过,如果您住在莫斯科,脑壳里还稍稍有点脑子的话,不管您愿不愿学,识字绝对不成问题,还不用进什么训练班。莫斯科六万条狗中,不识"灌肠"的,也许只有个别实打实的白痴。

起先,沙里克识字光凭颜色。它刚满四个月,莫斯科到处挂起蟹青色的招牌,上面写着莫斯科消费合作联社的简称"МСПО",这就是肉铺。再说一遍，没必要识字，因为肉的香味一闻便知。不料，有一次出了差错：沙里克走近一块蟹青色的刺眼招牌，一股马达的废气模糊了它的嗅觉，它以为是肉铺，谁知一头钻进了肉铺街上戈鲁比兹涅尔兄弟的电器商店。在兄弟的商店里，狗尝到了电线的滋味，电线比马车夫的鞭子狠多了。这个倒霉的时刻应该算作沙里克接受教育的开端。到了人行道上，沙里克立即悟出蟹青色并非永远表示肉铺。它忍着热辣辣的伤痛，夹紧尾巴，一面哀号，一面记起所有的肉铺招牌，左面开始，总是一个雪橇模样的金色或者红色字母"M"。

往后，事情愈发顺利了。"A"，它是在青苔街拐角处渔业总局"Главрыба"的招牌上认识的。再后，又认识了"Б"——从招牌终端逆着往前走比较方便，因为招牌起首的地方站着警察。

莫斯科街头上瓷砖贴面的铺子必定出售干酪。起首字母像茶炊乌黑笼头的招牌"Чичикин",表示原先的老板姓奇奇金,也表示铺子里有堆积如山的红色荷兰干酪,有对狗恨之入骨的穷凶极恶的售货员,还有满地的锯末和劣等的臭烘烘的干酪砖。

要是有人拉手风琴——这比唱《亲爱的阿伊达》稍稍好些——又有小泥肠的香味,那么辨认白色告示上的文字是最方便的:"礼貌用语,谢绝小费"。这里时有斗殴,人们拳来拳往,朝对方脸上猛揍,确实,这种场面并不常见,可是打狗司空见惯,不是用餐巾抽,便是用靴子踢。

要是窗口上挂着一排陈火腿,下面摆着橘子……汪——汪……食品店。要是深色的瓶子里装着难闻的液体……酒……从前叶列谢耶夫兄弟的商号。

陌生的先生把狗带到二楼自己豪华的寓所门口，按铃。狗立即抬起眼睛，只见镶嵌玫瑰色花玻璃的大门旁，挂着一张黑底金字卡片。头三个字母它一下子认出来了："Про"，但后面是个两面都有一个圆圈的怪物[1]，不知表示什么。"难道是无产者？"沙里克诧异了……"这不可能。"他抬起鼻子，重又仔细地嗅了皮大衣，满有把握地想："不，这里没有无产者的气味。这是个高深的词，上帝知道什么意思。"

玫瑰色玻璃后面，突然亮起愉快的灯光，黑卡片愈发黑了。门悄无声息地打开，一位年轻漂亮的女人，围着白围裙，戴着花边发饰，出现在狗和带狗的先生面前。狗立即感到天堂般的温暖

---

1 指"ф"，卡片上写的是"Профессор"（教授），其头三个字母与"Пролетарий"（无产者）相同。

扑面而来,感到女人的裙子散发出一股酷似铃兰的香味。

"舒服极了,这个我懂。"狗想。

"请,沙里克先生。"先生用调侃的口气邀请说,于是沙里克恭敬地走进去,摇着尾巴。

许许多多物品摆满豪华的前室。沙里克一进门便记住了立即映出另一条疲惫、带伤的沙里克的落地穿衣镜,墙壁高处可怕的鹿角,数不清的皮大衣和套鞋,天花板下蛋白石色的郁金香吊灯。

"您从哪儿弄来这么条狗,菲利普·菲利波维奇?"女人笑着问,一面侍候先生脱下玄狐皮衬里闪着蓝光的沉甸甸的大衣。"我的爷!生了多少癣呀!"

"胡说。哪儿有癣?"先生一脸严肃,厉声问。

他脱下大衣,里面是套英国料子的黑西装,

垂在肚子上的金表链闪耀出愉快的不很明亮的光泽。

"等等,别乱转,咻……哎,别乱转,小傻瓜。唔!……这不是癣……哎,你站着别动,见鬼……唔!呵——呵。这是烫伤。哪个坏蛋把你烫成这样的?啊?哎,你给我乖乖站着!……"

"该死的炊事员,炊事员!"狗用眼睛控告说,一面轻轻哀号。

"季娜,"先生吩咐说,"立刻带它去检查室,再拿件白大褂给我。"

女人吹了声口哨,打了个响指。狗稍稍犹豫一下,跟她走了。他们来到一条光线昏暗的狭窄走廊上,从一道漆皮的房门旁经过,到了走廊尽头,随后左拐,进了一个乌黑的小间。一股不祥的气味顿时使狗对这个房间产生反感。黑暗啪的一声,变成光线刺眼的白天,旋即周围的一切,金属的、玻璃的、白色的器具和用品，全都反射出灿烂的光亮。

"哎，不行……"狗暗暗叫苦，"对不起，这我不干！我懂。噢，让魔鬼把他们跟他们的灌肠一块儿抓去。这是把我骗进狗医院了。他们这就会强迫我喝蓖麻油，用各种刀子在我烫伤的身子上乱划，那儿是碰也碰不得呀！"

"哎，不行，你去哪儿？"那个叫季娜的女人喊起来。

狗没让她逮住，一躬身，突然用完好的半边身子猛地朝门上撞去，砰的一声，震动了整个寓所。随即，它朝后跳去，原地打转，活像被抽的陀螺，还撞翻一只白桶，从中飞出许多棉球。狗转着转着，只觉得墙壁和摆着明晃晃器械的柜子，在它周围上下飞舞，白围裙和扭歪的女人脸在它眼前跳动。

"你想去哪儿？长毛鬼……"季娜绝望地大叫，"你这该死的！"

"哪儿是他们家后门？……"狗思索着。它摆好架势，蜷成一团，胡乱地朝玻璃撞去，暗自希望这就是后门。碎玻璃哐啷啷四下飞散，一只装棕红药水的大肚玻璃瓶跌落，一刹那，药水流得满地都是，气味刺鼻。这时，真正的门打开了。

"站住，畜——生。"先生跑进来喊道，一只手穿在白大褂的袖子里。他拽住狗的两条腿，说："季娜，按住它的颈脖，这个浑蛋！"

"爷……爷，这算什么狗！"

房门大开，又进来一个穿白大褂的男子。他没去抓狗，踩着碎玻璃径直跑到一口柜子前，打开柜门。整个房间立时充满令人作呕的甜丝丝的气味。那人过来，把狗压在肚子下，狗以牙还牙，乘机在那人腿上，皮鞋带上方，美美地咬了一口。那人叫了声"哎呀",但没松手。引起呕吐感的药水堵住狗的呼吸,脑袋瓜里一阵昏眩,终于,它歪斜地不知朝哪儿坠去。"谢谢,当然,"它神往地想,慢慢倒向碎玻璃,"永别了,莫斯科!我再也看不见奇奇金,无产者,克拉科夫灌肠。我受尽狗的苦难,升天了。老兄,屠夫,你们这样对我,究竟是为什么?"

它终于侧倒在地上,昏死过去。

它苏醒时,头稍稍有点晕,胃里有点恶心,半边身子似乎没了,挺惬意,没有任何疼痛的感觉。狗稍稍睁开慵懒的右眼,眼角一扫,看见胸部和腹部全都严严实实缠着绷带。"他们到底还是干了,狗崽子,"它迷迷糊糊地想,"不过干得不赖,得给他们说句公道话。"

"从塞维利亚到格林纳达……在静谧的夜幕

下。"¹一个懒散、走调的声音在它头顶上歌唱。

狗感觉很奇怪,两只眼睛完全睁开。在相距两步的地方,它看见白凳子上搁着一条男人的腿。长裤和内裤都朝上挽着,裸露的黄色小腿上有干涸的血迹和碘酒。

"马屁精!"狗想,"这么说,我咬了他。是我干的。唉,准得挨揍。"

"'情歌悠扬,剑声铿锵!'你这野狗,干吗咬大夫?啊?干吗撞碎玻璃?啊?"

"呜——呜——呜。"狗可怜巴巴地哀号。

"嗯,算啦,醒了就躺着,傻瓜!"

"这么神经质的狗,您是怎么把它弄回来的,菲利普·菲利波维奇?"一个悦耳的男子的声音问,针织内裤倏地滑落。一股烟味,柜子里响起

---

[1] 出自意大利作曲家罗西尼(1792—1868)的喜歌剧《塞维利亚的理发师》。

玻璃瓶的声音。

"爱抚呗。这是和动物打交道的唯一办法。恐怖对于动物毫无作用,不管这种动物处于哪个发展阶段。我以前这么说,现在这么说,将来还是这么说。他们想错了,以为恐怖可以帮他们成功。不,不,恐怖不管白色的,红色的,甚至褐色的,都帮不了他们。恐怖只会麻痹神经系统。季娜!我给这个捣蛋鬼买了一卢布四十戈比的克拉科夫灌肠。过会儿,它不恶心了,麻烦你喂喂它。"

打扫碎玻璃的沙沙声,接着,一个女人的声音娇滴滴地说:

"喂克拉科夫灌肠!上帝,应当给它在肉铺里买二十戈比碎肉。克拉科夫灌肠最好我自个儿吃。"

"你倒试试。我看你敢吃!这玩意儿人吃到

胃里，就要中毒，都大姑娘了，还小孩似的，什么脏东西都往嘴里塞。吃不得！我警告你，要是你闹肚子，我也好，博尔缅塔尔大夫也好，都不给你治……'谁说人家的姑娘比得上你，这样的家伙我决不饶……'"

这时，整幢住宅响起柔和、细碎的铃声。前室里不时远远传来说话声。电话铃响。季娜消失。

菲利普·菲利波维奇把烟蒂扔进桶里，扣上白大褂，对着墙上一面不大的镜子，理了理厚实的髭须，随后招呼狗说：

"咻，咻。没关系，没关系。咱们给人看病去。"

狗支起软绵绵的腿，摇摇晃晃，浑身打战，但很快站稳了，跟在菲利普·菲利波维奇飘动的衣摆后面走起来。狗重又穿过狭窄的走廊，不过这次它看到走廊被花形吸顶灯照得很亮。漆皮房门打开后,它跟着菲利普·菲利波维奇进了诊室,豪华的装饰,让狗眼花。首先,诊室内处处灯光灿烂:雕花的天花板上、桌上、墙上、柜子的玻璃上,一片辉煌。灯光洒向众多的陈设,最有趣的是墙上一只踩着树枝的大猫头鹰。

"躺下。"菲利普·菲利波维奇吩咐。

前面的雕花房门打开,进来的是被它咬过的人,现在在明亮的灯光中,一部尖尖的络腮胡子,显得相当英俊、年轻。他递上一张纸,说:

"以前来过……"

说完,悄无声息地走了。菲利普·菲利波维奇分开白大褂下摆,坐到大写字台后面,立刻变得傲慢而又威严。

"不,这不是狗医院,我到了什么别的地方,"狗惶恐地想,在沉重的皮沙发旁的地毯上躺下,"至于这只猫头鹰是怎么回事,我们会弄清楚的……"

房门重又轻轻打开,这回进来一个怪物,狗诧异地叫了一声,不过很轻……

"别叫!呵——呵,您让人认不出了,亲爱的。"

来客非常恭敬而又羞涩地朝菲利普·菲利波维奇鞠了一躬。

"嘻——嘻!您是魔法师、术士,教授。"他一脸窘色地说。

"请解开裤子,亲爱的。"菲利普·菲利波维奇一面说,一面站起来。

"上帝,耶稣,"狗想,"什么玩意儿!"

这玩意儿头顶上长着绿头发,后脑勺上头发是黄锈色,满脸皱纹,但肤色红润,就像娃娃。左腿不能弯曲,在地毯上一拖一拖的,然而右腿蹦蹦跳跳,活像游戏的孩子。高档西装的衣襟上佩着眼睛似的宝石胸针。

因为新奇,狗的恶心劲儿过去了。

"汪——汪!……"它轻轻叫了两声。

"别叫!睡眠好吗,亲爱的?"

"嘻嘻。这儿就咱俩吧,教授?好得没法说,"客人腼腆地说起来,"**千真万确**[1],都二十五年没这样了,"来者着手解开长裤上的扣子,"您相信吗,教授,天天夜里我都梦见一群裸体的姑娘,弄得我神魂颠倒。您真是魔法师。"

"哦,"菲利普·菲利波维奇不无忧虑地应了一声,一面仔细打量客人的瞳孔。

后者终于解开扣子,脱了条子长裤。里面是条从未见过的内裤,浅黄色,有两只丝绣的黑猫,一股香水味。

---

1 原文为俄语字母拼写的法语。

狗见了猫,汪地一叫,来者吓得跳起来。

"哎呀!"

"看我不揍你!别怕,它不咬人。"

一只小小的信封从来者口袋里掉到地毯上,信封上画着一个长发披肩的美人。来者向前一跳,俯身捡起信封,脸唰地红了。

"不过,您得小心,"菲利普·菲利波维奇沉着脸,伸出一个手指警告说,"不管怎么说,您得小心,别胡来!"

"我没胡来……"来者羞涩地嘟哝说,一面继续脱他的内裤。"我不过做个试验,亲爱的教授。"

"哦,怎么样?结果呢?"菲利普·菲利波维奇厉声问。

来者乐不可支地一挥手。

"二十五年啦,我以上帝的名义起誓,教授,从没有过这种事,最后一次是一八九九年在巴黎的神父街。"

"您的头发怎么变成绿的?"

来者脸上顿时蒙上阴云。

"都怪该死的日尔科斯季[1]!您没法想象,教授,这些无赖把什么东西当染发水塞给我了。您倒瞧瞧,"那人嘟哝着,东张西望地想找镜子,"应当打他们耳光。"他狂暴地补充。"现在我该怎么办,教授?"他哭丧着脸问。

"嗯,把头发剃光。"

"教授,"病人可怜巴巴地惊叫,"长出来的还是白发。再说,剃个光头我在单位里根本没法露面,就现在这样,我都三天没上班了。咳,教授,但愿您能发明一种办法,连头发也一起恢复

---

[1] 一家制造化妆品的托拉斯。——原注

青春!"

"慢慢来,慢慢来,我亲爱的。"菲利普·菲利波维奇喃喃说。

他俯下身,一对发亮的眼睛仔细检查病人裸露的腹部。

"嗯,行——好极了,一切正常。说实在的,我都没料到会有这样的结果。血多,歌也多……穿好衣服,亲爱的!"

"我为绝代佳人……"病人扯着破锅似的嗓子接着唱,旋即满脸喜悦地开始穿衣服。穿好后,他带着香水味,一蹦一跳地过来,数出一叠白色纸币递给菲利普·菲利波维奇,温柔地握着他的双手向他告别。

"您可以过两星期再来,"菲利普·菲利波维奇说,"不过,我还得提醒您,千万小心。"

"教授!"他兴高采烈地在门外说,"您尽管放心。"他得意地笑了笑，消失了。

一阵铃声掠过整套住宅，漆皮房门打开，被咬的人重又进来，递给菲利普·菲利波维奇一张纸，说：

"年龄填得不对。大概五十四五岁。心音较弱。"

他退出去，转眼间，进来一位衣裙窸窣作响的太太。这位太太神气地歪戴一顶礼帽，皮肉松弛、布满皱纹的脖子上挂着一串光彩夺目的宝石项链。眼睛下有两只可怕的黑眼袋，面颊却像玩具娃娃似的绯红。她很激动。

"太太！您多大年纪？"菲利普·菲利波维奇非常严厉地问。

太太大吃一惊，连涂过胭脂的脸都吓白了。

"教授，我发誓，要是您知道我遭的什么罪！……"

"您多大年纪,太太?"菲利普·菲利波维奇更加严厉地重复。

"真的……四十五岁……"

"太太,"菲利普·菲利波维奇吼起来,"我很忙,请您别耽搁我的时间。病人不是您一位!"

太太的胸脯急剧地鼓起。

"您是医学泰斗,我只对您一个人说。不过,我发誓——这太可怕……"

"您到底多大年纪?"菲利普·菲利波维奇恼火地高声问,他的眼镜倏地闪出一道光亮。

"五十一!"太太回答,人吓得矮了一截。

"脱掉裤子,太太。"菲利普·菲利波维奇舒了口气说,指了指角落里那张白色医疗台。

"我发誓,教授,"太太嘟哝说,一面用颤抖的手指拉开腰上的什么摁扣,"这个莫里茨……我坦白对您说……"

"从塞维利亚到格林纳达……"菲利普·菲利波维奇心不在焉地哼起来,踩下大理石洗手池的踏脚。水哗哗直流。

"我以上帝的名义发誓!"太太说,浓妆艳抹的脸上变得红一块紫一块,"我知道,这是我最后一次情欲。本来嘛,他是大坏蛋!噢,教授!他是赌棍,这全莫斯科都知道。他连一个俗气的女裁缝都不放过,身体棒得像魔鬼。"太太嘟哝着从窸窣作响的裙子下扔出一团带花边的东西。

狗完全糊涂了,脑袋里一片混乱。

"你们通通见鬼去,"它模模糊糊想,把头枕在前爪上,腼腆地自顾打盹,"管它呢,我才不想知道。这算什么,反正闹不明白。"

狗被叮当的金属声吵醒了。它看见菲利普·菲利波维奇把几个明晃晃的小管子扔进脸盆。

脸上红一块紫一块的太太，两手按着胸口，满怀希望地望着菲利普·菲利波维奇。教授高傲地皱着眉头，坐在写字台后，记了些什么。

"太太，我给您移植一副猴子卵巢。"他宣布说，严肃地朝对方看了一眼。

"呵，教授，猴子的？"

"对。"菲利普·菲利波维奇断然回答。

"什么时候手术？"太太脸色发白，有气无力地问。

"'从塞维利亚到格林纳达……'嗯……星期一，您一早就去医院，我的助手会给您做术前准备。"

"呵，我不想去医院。在您诊所里手术不行？教授？"

"您得明白，只有非常特殊的情况，我才在自己诊所里手术。这非常贵，得五十张十卢布票子。"

"我同意,教授!"

重又响起哗哗的水声。插羽毛的礼帽点了点头走了,接着出现一个盘子似的秃头,他拥抱了菲利普·菲利波维奇。狗仍在打盹,恶心劲儿过去了,半边身子也不疼了,躺在这暖和的地毯上简直是种享受。它甚至打呼噜,做了个短短的美梦,梦见它从猫头鹰尾巴上扯下整整一把羽毛……后来,一个激动不安的声音在它头上喊起来。

"我在莫斯科太出名了,教授。我该怎么办?"

"先生们,"菲利普·菲利波维奇气愤地大声说,"不能这样!应当克制自己。她多大?"

"十四,教授……您也明白,张扬出去会把我毁了。正好这几天我可以拿到出国任务。"

"可我不是法律专家,亲爱的……这样吧,您等上两年,娶她得了。"

"我有老婆,教授。"

"哎呀,先生们,先生们!"

房门开了又关,关了又开,面孔不断变换,柜子里的器械叮当作响。菲利普·菲利波维奇一刻不停地工作。

"这地方真下流,"狗想,"不过舒服极了!可他把我找来不是见鬼吗?难道他想收留我?真是怪人!其实,他只要眨眨眼,便能弄到让人叫绝的好狗!不过,我也许真的很漂亮。看来,我挺走运!这只猫头鹰不是东西……放肆透顶。"

狗彻底苏醒,是在门铃声已经中止的深夜,并且恰恰是在屋里来了一批特殊客人的时候。他们一下子来了四个。全是年轻人,全都穿得非常朴素。

"这些人想干什么?"狗惊奇地想。菲利

普·菲利波维奇接待客人的态度远远算不上友好。他站在写字台旁,望着这些不速之客,就像统帅望着敌人。他鹰钩鼻的鼻翼,频频鼓起。来客们在地毯上跺脚。

"我们找您,教授,"其中,鬈发足有十几公分高的人说,"是这么回事……"

"先生们,这种天气你们不穿套鞋是不行的,"菲利普·菲利波维奇用教训的口气打断他说,"第一,你们会感冒;第二,你们踩脏了我的地毯,而我用的全是波斯地毯。"

满头鬈发的人怔住了,四人全都惊奇地望着菲利普·菲利波维奇。沉默持续了几秒钟,这才被菲利普·菲利波维奇手指敲打写字台上彩绘漆盘的声音所打破。

"第一,我们不是先生。"终于,四人中年纪最小,长一张桃子脸的人说。

"第一，"菲利普·菲利波维奇又打断他，"您是男人还是女人？"

四人又怔住了，惊得张开嘴巴。这次首先回过神来的，是第一个说话、鬈发高高的人。

"这有什么区别，同志？"他傲慢地反问。

"我是女人。"桃子脸、穿皮夹克的青年承认，顿时涨红了脸。随后，不知为什么，他们中戴羊皮高帽的黄发男人，也脸红了，一直红到脖根上。

"既然这样，您可以戴帽子。而您，阁下，我请您把帽子脱了。"菲利普·菲利波维奇威严地说。

"我不是您的什么阁下。"黄发男人粗暴地回答，摘了皮帽。

"我们来找您……"鬈发高高的黑衣人重又开口说。

"首先——这个我们是谁?"

"我们是这幢公寓新的管委会,"黑衣人说,克制着火气,"我是施翁德尔,她是维亚泽姆斯卡娅,他是佩斯特鲁欣同志,还有扎罗夫金同志,我们……"

"这么说,是你们搬进了费奥多尔·巴甫洛维奇·萨布林的住房?"

"是我们。"施翁德尔回答。

"上帝,卡拉布霍夫公寓完了!"菲利普·菲利波维奇绝望地叹道,两手一拍。

"您怎么,教授,笑话人?"施翁德尔愤怒了。

"我还有心思笑话人?!我已经完全绝望,"菲利普·菲利波维奇大声说,"那么往后还有没有暖气?"

"您这是有意挖苦,普列奥布拉任斯基

教授?"

"你们找我究竟有什么事?尽快说,我要用餐了。"

"我们,公寓管委会,"施翁德尔憎恶地说,"找您,是因为刚才在我们公寓全体住户会议上,讨论了紧缩居住面积问题……"

"讨论了谁的问题?"菲利普·菲利波维奇大声说,"劳驾您把意思说清楚些。"

"讨论了紧缩居住面积问题。"

"够啦!我明白了!你们是否知道,我的住房根据今年八月十二日的决定,不在任何紧缩和变动之列。"

"知道,"施翁德尔回答,"但是全体会议审议了您的问题,得出结论是,总的来说,您住的面积太大。远远超过标准。您一人住了七个房间。"

"我一人用了七个房间,因为我要工作,"菲利普·菲利波维奇回答,"我还希望有第八个房间,给我当图书室。"

四人目瞪口呆。

"第八个房间?嘿——嘿,"摘了帽子的黄发男人说,"这倒挺棒。"

"这简直让人没法说!"穿男装的女人说。

"我这些房间一间是候诊室——请注意,候诊室也是图书室,一间是餐室,一间是我的诊室——三间。一间检查室——四间,一间手术室——五间。我的卧室——六间,仆人的卧室——七间。总之,还少……不过,这并不重要。我的住房不在紧缩之列,所以不用多说。我可以去用餐了?"

"对不起。"模样像硬壳虫的第四人说。

"对不起,"施翁德尔打断他,"我们找您,正是想谈谈餐室和检查室的问题。全体会议请您以维护劳动纪律的方式自动交出餐室。现在莫斯科没人家里有餐室。"

"甚至伊莎多拉·邓肯[1]都没有。"女人响亮地喊道。

菲利普·菲利波维奇火了,脸上渐渐泛起红晕,他一言不发,等待事态发展。

"还得请您自动交出检查室,"施翁德尔又说,"检查室完全可以和诊室合并。"

"哦,"菲利普·菲利波维奇怪声怪气地说,"那我在哪儿用餐?"

"在卧室。"四人异口同声地回答。

菲利普·菲利波维奇通红的脸上现出一抹灰色。

---

[1] 伊莎多拉·邓肯(Isadora Duncan, 1877—1927),美国舞蹈家。现代舞派奠基人之一。1921年应邀去苏俄从事舞蹈教学工作。

"在卧室用餐,"他稍稍压低嗓门说,"在检查室看书,在候诊室穿衣,在仆人房间手术,在餐室检查病人。也许,伊莎多拉·邓肯会这样做。也许,她在书房用餐,在浴室宰兔子。也许是这样。但我不是伊莎多拉·邓肯!……"他突然吼起来,脸色顿时由红变黄,"我要在餐室用餐,在手术室手术!请你们把这一点转告全体住户会议。另外,我诚恳地请求各位回去做你们自己的事,让我像所有正常人一样,在餐室,而不是前室,不是儿童室,安心地用餐。"

"教授,既然您顽抗到底,"激动的施翁德尔说,"那我们只好向上级控告您。"

"呵,"菲利普·菲利波维奇说,"是这样?"他的声音变得令人怀疑地客气,"请你们稍稍等一会儿。"

"瞧,是个男子汉,"狗高兴地想,"跟我一样。嘿,他马上就会干他们,嘿,会干。不知道是怎么着,反正会狠狠干……揍他们!揍这长脚的腿肚子,靴子上面点儿……嘚儿——嘚儿——嘚儿——汪……"

菲利普·菲利波维奇咔嚓一声,从电话机上摘下话筒,对着话筒说:

"请接……对……谢谢您……请彼得·亚历山德罗维奇听电话。普列奥布拉任斯基教授。彼得·亚历山德罗维奇?找到您,我很高兴。谢谢您,我身体很好。彼得·亚历山德罗维奇,您的手术取消了。什么?彻底取消。其他手术也一样,通通取消。原因很简单,我在莫斯科,并且一般地说,在俄国停诊了……现在我家里来了四个人,其中一个是穿男装的女人,两个带着手枪。他们恐吓我,目的是让我交出部分住房。"

"我说,教授……"施翁德尔开口说,脸色渐渐变了。

"请原谅……我没法把他们的话全都重复一遍。我对无聊的事情不感兴趣。只要说明一点就够了,他们建议我交出我的检查室,换句话说,逼我在我原先宰兔子的地方给您做手术。在这种情况下,我没有可能,也没有权利工作。所以我停诊了,关闭诊所,去索契。钥匙我可以交给施翁德尔。让他来做手术。"

四人呆住了。他们靴子上的雪在融化。

"怎么办呢……我自己也很不愉快……怎么?噢,不行,彼得·亚历山德罗维奇!噢,不行。像现在这样,我不会同意。我已经忍无可忍。从八月份起,这已经是第二次了。怎么?唔……随便。这样也行,但有个条件:不管谁签的,什么时候签的,签的什么,必须是个管用的文件,施翁德尔也好,别的什么人也好,谁见了都不敢上我的门。是个讲死的文件,有效的文件,真正的文件!一张保票。让他们以后再也别提我的名字。当然。对他们来说,我已经死了。对,对。好吧。请谁签字?呵……嗯,这就是另一回事。呵……行。我这就把话筒给他。劳驾,"菲利普·菲利波维奇阴险地对施翁德尔说,"请您听电话。"

"我说,教授,"施翁德尔说,脸一会儿红,一会儿白,"您歪曲了我们的原话。"

"请您不要这样说话。"

施翁德尔不知所措地拿起话筒:

"请讲。对……公寓管委会主任……我们是照章办事……因为教授的住房远远超过标准……我们了解他的工作……想留给他整整五个房间……嗯,好吧……既然这样……好吧……"

他满脸通红地挂上电话,转过身来。

"狠狠训了一顿！是个男子汉！"狗赞赏地想，"是不是他有什么特别的能耐？这会儿您可以揍我了，想怎么揍就怎么揍，反正我不跑。"

三人张着嘴，怔怔地望着挨训的施翁德尔。

"这简直是一场羞辱！"后者怯生生地说。

"要是现在开会辩论，"女人发话了，她很激动，脸也红了，"我一定向彼得·亚历山德罗维奇证明……"

"抱歉，您是否现在就想辩论？"菲利普·菲利波维奇礼貌地问。

女人的眼睛开始冒火。

"我知道您在挖苦我，教授，我们这就走……不过，我作为公寓文化部部长……"

"文化组组长。"菲利普·菲利波维奇纠正她说。

"想请您买几本画报，"女人说着从怀里掏出几本被雪淋湿的色彩鲜艳的画报,"这是为救济德国儿童筹款。五十戈比一本。"

"不,我不买。"菲利普·菲利波维奇斜了杂志一眼,简短地回答。

四张脸上全都露出诧异的神色。女人倏地涨红了脸,就像浆果。

"您为什么拒绝?"

"我不想买。"

"您不同情德国儿童?"

"我很同情。"

"您舍不得五十戈比?"

"不是。"

"那究竟为什么?"

"我不想买。"

一阵沉默。

"您知道吗,教授,"姑娘沉重地叹了口气,

"如果您不是欧洲权威,不是上面用令人极端愤慨的方式庇护您(黄发男人拉拉她的夹克,但她没理睬)——那究竟是些什么人,我们会弄清楚的——按理应当把您抓起来。"

"凭什么?"菲利普·菲利波维奇好奇地问。

"您敌视无产阶级!"女人傲慢地说。

"对,我不喜欢无产阶级。"菲利普·菲利波维奇悲哀地同意,随即按了电钮。不知哪里响起铃声。通向走廊的门打开了。

"季娜,"菲利普·菲利波维奇大声说,"用餐。你们允许吗,先生们?"

四人默默走出诊室,默默穿过候诊室,又默默穿过前室。可以听见大门在他们身后沉重而又响亮地碰上了。

狗用后腿站起来,对着菲利普·菲利波维奇拜了几拜。

3

　　黑色宽边的彩绘盘子里,放着切成薄片的鲑鱼和醋渍鳗鱼。沉甸甸的木盘上是块流泪的干酪,冰霜环绕的银罐里盛着鱼子。盘子间有几只纤细的高脚酒杯,还有三只装有不同颜色烈酒的长颈车料玻璃瓶。所有这些器皿全都放在餐橱舒适的大理石台面上。这是一口硕大的橡木雕花餐橱,闪烁着玻璃和银器的光亮。房间中央是张陵墓般沉稳的桌子,铺着洁白的台布,上面放着两套餐具,两条叠成教皇三重冠式的餐巾和三只深色酒瓶。

季娜端来一只带盖的银盘,盘里扑扑作响。香味飘来,狗嘴立时充满口水。"塞米拉米达空中花园[1]!"狗想,尾巴仿佛棍子似的在镶木地板上得意地敲打。

"都端过来,"菲利普·菲利波维奇贪婪地吩咐,"博尔缅塔尔大夫,求求您,别碰鱼子。要是愿意听我的忠告,别倒英国威士忌,宁可来点儿普通的俄国伏特加。"

被咬的美男子——他已经脱了白大褂,身上穿着一套讲究的黑西装——耸了耸宽阔的肩膀,谦恭地淡淡一笑,斟了杯白酒。

"上等新酒?"他问。

"瞧您说的,亲爱的,"主人回答,"这是酒

---

[1] 传说中的世界七大奇观之一。

精,达里娅·彼得罗夫娜自个儿能兑伏特加,兑得好极了。"

"您说呢,菲利普·菲利波维奇,大家都认为,伏特加最好三十度。"

"伏特加应当四十度,不是三十度,这是一,"菲利普·菲利波维奇用教训的口气打断他,"第二,上帝知道他们兑的什么。您说说,他们能想出什么好主意?"

"他们什么都想得出。"被咬的人坚定地说。

"我也是这意思,"菲利普·菲利波维奇补充,一口干了杯中的酒,"……嗯……博尔缅塔尔大夫……求求您,把这玩意儿一口干了……要是您说这不好……那我一辈子都是您的冤家对头。'从塞维利亚到格林纳达……'"

他哼着曲子,用爪形的银叉叉了一小块黑面包似的东西。被咬的人也跟着叉了一块。菲利普·菲利波维奇的眼睛倏地明亮了。

"味道差吗?"菲利普·菲利波维奇边嚼边问,"差吗?您倒是说呀,尊敬的大夫。"

"味道再好没有。"被咬的人真诚地回答。

"就是嘛……请您注意,伊凡·阿诺尔多维奇,用冷盘和汤下酒的,只有没被布尔什维克杀掉的地主,稍稍有点自尊的人用的都是热菜。说起来莫斯科所有的热菜里,就数这道最好。从前'斯拉夫市场'[1]做这道菜做得再好没有。给,你也尝尝。"

"这狗在餐室里喂惯了,"响起女人的声音,"往后就是拿白面包也甭想把它从这儿引走。"

"没关系。可怜虫饿坏了。"菲利普·菲利波维奇用叉尖叉了点菜给狗,那菜立刻被狗异常

---

[1] 革命前莫斯科著名的餐厅。

灵巧地叼了去,教授随手把叉子当的一声扔进洗杯盆。

端来的盘子冒着热气,散发出虾的香味。狗蹲在台布的阴影里,俨然一副警卫火药库哨兵的神态。菲利普·菲利波维奇把浆硬的餐巾一角塞进衣领,深有体会地说:

"吃这玩意,伊凡·阿诺尔多维奇,讲究可大啦。吃得会吃,可您看——大多数人根本就不会吃。吃非但得知道吃什么,也得知道什么时候吃,怎么吃,"菲利普·菲利波维奇意味深长地晃了晃手中的汤匙,"还得知道吃的时候应该聊些什么。对,要是您为自己的消化着想,我的忠告是,用餐时间不谈什么主义,也不谈医学。再有,用餐前,千万别看苏维埃报纸。"

"嗯……可您知道,没别的报纸可看。"

"您就什么报纸也不看。您很清楚,我在医

院里对三十个病例做过观察。您猜怎么着？不看报的病人自我感觉良好，被我指定看《真理报》的病人个个体重下降。"

"嗯……"被咬的人饶有兴趣地应声说，因为喝了热汤和酒，脸渐渐红了。

"这还不算。膝反射减弱，食欲不振，情绪压抑。"

"见鬼……"

"对。不过，我这是怎么啦？自个儿谈起医学来了。"

菲利普·菲利波维奇仰身按了电铃。樱桃色的厚呢门帘中出现季娜。给狗喂了一块厚厚的淡白色鲟鱼，但它觉得味道不好，随后又喂了它一块带血丝的烤牛肉。狗吃完后，突然感到困倦，再也见不得什么食物。"奇怪的感觉，"它想，眨巴着沉重的眼皮，"但愿我的眼睛不去看什么食物。饭后抽烟——愚蠢。"

餐室里充满讨厌的青烟。狗打盹了,头枕在两只前爪上。

"圣朱利安[1]确实是好酒,"狗在睡梦中听见,"不过眼下哪儿也没有。"

侧面楼上的不知什么地方,传来被天花板和地毯减弱的低沉的合唱声。

菲利普·菲利波维奇按了电铃,季娜进来。

"季娜,这是怎么啦?"

"又是开大会,菲利普·菲利波维奇。"季娜回答。

"又是开大会!"菲利普·菲利波维奇伤心地高声叹息,"唉,这么说,糟了,卡拉布霍夫公寓完了。只好搬家。可往哪儿搬,请问。往后肯

---

1 法国名牌葡萄酒。

定这样,开始,天天晚上唱歌,然后,厕所管道冰冻,再后,锅炉房的锅炉破裂,等等。卡拉布霍夫公寓毁了。"

"菲利普·菲利波维奇急死了。"季娜笑着说,把一摞盘子端出去。

"还能不急?!"菲利普·菲利波维奇吼道,"这幢公寓以前多好,您想想吧!"

"您看问题太悲观,菲利普·菲利波维奇,"被咬的美男子表示异议,"现在他们已经大变。"

"亲爱的,您是了解我的,是吗?我是尊重事实的人,讲究眼见为实。我反对一切没有根据的胡说。这不仅俄国,而且整个欧洲都知道。如果我说了什么,那就意味着,基于某种事实,我根据事实结论。我这就给您指出一个事实:我们公寓的衣架和套鞋架。"

"有意思……"

"套鞋算什么。穿不穿套鞋不说明日子过得好不好,"狗想,"不过,这位先生确实是个人物。"

"就说套鞋架吧。我是一九〇三年住进这幢公寓的,从那时起到一九一七年三月为止[1],尽管公寓的门从来不锁,但是楼下过道里一次也没有,我要用红笔在'一次也没有'底下画上杠杠,丢失过哪怕一双套鞋。请注意,这幢公寓有十二套住房,我是开业医生。一九一七年三月的一天,所有的套鞋,其中两双是我的,三根手杖,还有门卫的一件大衣和一个茶炊,通通不见了。打那以后,套鞋架也就没有了,亲爱的!至于暖气我就不说了。不说了。随它去,既然是社会革命,还烧什么暖气。但我要问:为什么这事儿一

---

[1] 1917年3月俄国发生二月革命,成立了临时政府。

闹起来,大家就穿着肮脏的套鞋和毡靴往大理石楼梯上踩?为什么套鞋直到今天还得用锁锁起来?还得派士兵看守,防止有人顺手拿走?为什么正门楼梯上的地毯收走了?难道卡尔·马克思禁止在楼梯上铺地毯?难道卡尔·马克思在哪本书里说了,普列奇斯坚卡的卡拉布霍夫公寓的2号门应当用木板钉死,应当绕个圈子,打院子的后门走?谁让这样做啦?为什么无产者不能把自己的套鞋放在楼底下,非得把大理石踩脏不可?"

"可您知道,菲利普·菲利波维奇,无产者根本没套鞋。"被咬的人刚想插话。

"没有的事!"菲利普·菲利波维奇回答,声音像打雷。随即,他倒了杯酒。"嗯……我反对饭后喝酒,这会产生胀饱感,影响肝脏……没有的事!现在无产者有套鞋,这套鞋……就是我的!就是一九一七年春天丢失的那两双。请问,谁偷套鞋？我？不可能。资本家萨布林？（菲利普·菲利波维奇指指天花板）这想法简直可笑。糖厂老板波洛佐夫？（菲利普·菲利波维奇指指隔壁）绝对不会！准是这些唱歌的人干的！对！他们哪怕在楼梯上把套鞋脱了呀！（菲利普·菲利波维奇激动得脸都红了）把花从梯台上通通搬走，不也是见鬼吗？为什么，但愿我没记错，过去二十年一共断了两次电，而现在必定每月一次？博尔缅塔尔大夫，统计数据是非常厉害的东西。您读过我最近的论文，应当比任何人都清楚这一点。"

"混乱，菲利普·菲利波维奇。"

"不，"菲利普·菲利波维奇非常自信地反驳，"不，亲爱的伊凡·阿诺尔多维奇，请您首先别说这话。这是幻影，烟幕，假象，"菲利普·菲利波维奇张开短短的手指比画着说，于是两个仿佛乌龟似的影子在台布上移动起来。"您说的混乱是什么？是拄拐棍的老妖婆？她敲碎了所有玻璃，熄灭了所有电灯？这个老妖婆根本不存在！那您说这话什么意思？"菲利普·菲利波维奇气恼地问，冲着餐橱旁倒挂的不幸的纸鸭，随即自己做了回答，"所谓混乱，就是这么回事：譬如说，我不再天天晚上手术，而在自己家里跟着唱歌，那我家里便一片混乱。再譬如说，我走进厕所，对不起，我说话很粗，撒尿撒在小便池外面，季娜和达里娅·彼得罗夫娜也这么着，那厕所里也一片混乱。所以，混乱的不是厕所，而是头脑。说真的，一听这些只能唱中音的人嚷嚷什么'制止混乱'，我只会笑。（菲利普·菲利波维奇的脸倏地扭歪了，吓得被咬的人张开了嘴巴）我向您起誓，我觉得可笑！这就是说，他们每个人都应该敲自己的后脑勺！什么时候他们从自己头脑里把各种各样的幻想敲没了,开始打扫棚屋,尽自己本分了,什么时候混乱也就没了。信奉两个神不行!不能同时既打扫电车轨道,又安排什么西班牙穷苦百姓的命运!这谁都办不到,大夫,况且他们几乎落后欧洲人两百年,直到现在连自己裤子还不大会扣呢!"

菲利普·菲利波维奇越说越激动。鹰钩鼻的鼻翼频频鼓起。饱餐后,他精力充沛,犹如古代的先知,声若洪钟,头上的白发闪着银光。

他的话仿佛地下沉闷的隆隆声,撞击睡梦中狗的耳膜。梦境中忽而跳出傻乎乎地瞪着一双黄眼睛的猫头鹰,忽而是白圆帽肮脏的炊事员的丑脸,忽而是刺眼灯光下菲利普·菲利波维奇神气的髭须,忽而又是一架无精打采的雪橇吱吱叫着,在雪地上忽隐忽现。而在狗的胃里,嚼碎的烤牛肉在胃液里浮动、消化。

"他简直可以在街头集会上挣钱,"狗迷迷糊糊地想,"一流的演说家,不过,看样子就这样他的钱也多得花不了。"

"警察!"菲利普·菲利波维奇大声说。"警察!""呜咕——咕——咕!"狗的脑袋里轰地炸开……"警察!这是个办法,也只有这个办法。戴金属牌牌的还是戴红帽子的[1],这无关紧要。得在每个人身边安个警察,再让这个警察管住我们的公民,别让他们唱歌。您说都怨混乱。我告诉您,大夫,不把这些唱歌的人管好,我们这幢公寓,对,其他任何公寓也一样,好不起来!只要他们停办这类音乐会,情况自然好转。"

"您在说反动话,菲利普·菲利波维奇,"被咬的人开了个玩笑,"上帝保佑,千万别让人

---

1 指革命前后的警察。

听见。"

"没危险,"菲利普·菲利波维奇激烈反驳,"谈不上什么反动。顺便说说,反动这个说法我也受不了。'反动'什么意思?莫名其妙。鬼才知道!所以我说:我刚才的话里没什么反动的东西。那是常识,是生活经验。"

这时,菲利普·菲利波维奇从衣领里取出洁白耀眼的餐巾,揉成一团,把它放在酒没喝完的杯子边上。被咬的人立刻站起来,用法语说了声"谢谢"。

"请等一下,大夫!"菲利普·菲利波维奇叫住他,一面从裤子口袋里掏出钱包。他稍稍眯起眼睛,数出几张白色纸币,递给被咬的人,说:"伊凡·阿诺尔多维奇,今天应该付您四十卢布。请收下。"

被咬的人谦恭地道谢,红着脸把钱塞进上衣

口袋。

"今天晚上您还有事要我做吗,菲利普·菲利波维奇?"他问。

"不,谢谢您,亲爱的。今天晚上我们什么也不做。第一,兔子死了;第二,今天大剧院演《阿伊达》,我已经好久没听了。我很喜欢那段……您记得吗?二重唱……嚼里——啦——里姆。"

"您还有时间去听歌剧,菲利普·菲利波维奇?"医生敬佩地问。

"不东奔西跑的人,去哪儿都有时间,"主人用教训的口气解释,"当然,如果我老是跳来蹦去地开会,像夜莺一样成天唱歌,不干本职工作,我就哪儿都去不了,"口袋里,菲利普·菲利波维奇手指下的闹表奏起悦耳的音乐,"八点了……还能赶上第二幕……我赞成劳动分工,大剧院里让他们唱去,我还是做我的手术。这就很好。根本不会混乱……噢,有件事,伊凡·阿诺尔多维奇,还得请你留心,一有适当的尸体,立即把东西从解剖台上取下,放进培养液,给我送来!"

"这您放心,菲利普·菲利波维奇,几位病理解剖医生已经答应我了。"

"很好。我们暂且观察观察这条神经质的野狗。让它伤口长好再说。"

"在关心我呢,"狗想,"真是大好人。我知道他是谁。他是狗的童话里的魔法师、术士、巫师……这不会是我做梦吧。可万一是梦?(狗在梦里打了个哆嗦)我醒了……什么也没有。没有丝绸灯罩的电灯,没有暖和的住房,没有吃饱的感觉。仍是门洞,凛冽的寒风,上冻的柏油路,饥饿,恶人……食堂,大雪……上帝,我还得受多少罪!……"

但这一切都没发生。恰恰相反,倒是门洞仿佛噩梦似的消失了,再也没有出现。

看来,混乱还不那么可怕。尽管混乱,窗台下灰色暖气片一天热了两次,暖气波浪似的漫向整套住宅。

明摆的事:狗抽到了一张狗的上上签。现在它的眼睛至少一天两次,对普列奇斯坚卡的圣贤充满感激的泪水。况且,客厅里,还有候诊室柜子间的所有落地镜子,全都远远映照出一条幸运而又美丽的狗。

"瞧,我多美。也许,我是没人知道的匿名狗王子,"狗寻思着,两眼望着一脸得意,在镜子深处漫步的咖啡色长毛狗,"不定是我奶奶和纽芬兰潜水狗勾搭上了。就是嘛,我瞧我脸上这白星儿,它是哪来的,请问?菲利普·菲利波维奇是个有品位的人，不会随便见到一条野狗就捡回来。"

一星期内，狗吃的东西足足抵得上最近它在街上挨饿的一个半月。当然，这说的仅仅是数量。至于菲利普·菲利波维奇家的食物质量简直甭提了。即便不算达里娅·彼得罗夫娜每天花十八戈比从斯摩棱斯克集市上买来的一大堆碎肉，单说晚上七点餐室里的正餐就已足够。尽管高雅的季娜极力反对，用餐时狗还是留在餐室里。正是在这些用餐时间，菲利普·菲利波维奇最终获得了上帝的称号。狗经常后腿直立，奉承地咬着他的上衣，狗还把菲利普·菲利波维奇的铃声琢磨透了，听到接连两下响亮的、有主人气派的铃声，便汪汪叫着，飞一样跑到前室迎接主人。主人进门，玄狐皮大衣上闪耀着千万朵晶莹的雪花，浑身散发橘子、香烟、香水、柠檬、汽油、花露水和毛料的气味,他的声音犹如通过指挥官话筒一样,立即传遍整套住宅。

"你这畜生,干吗撕坏猫头鹰?它碍着你什么啦?碍着你什么啦,我问你?干吗打碎梅契尼科夫教授[1]的石膏像?"

"它呀,菲利普·菲利波维奇,得用鞭子狠狠揍,哪怕一次,"季娜气呼呼地说,"要不,它完全给宠坏了。您瞧瞧,它把您的套鞋弄成什么样了?"

"揍是不行的,"菲利普·菲利波维奇激动了,"这你得永远记住。人也好,动物也好,只能开导。今天给它吃过肉了?"

"上帝,它把家里的东西全吃了。您还问呢,菲利普·菲利波维奇。我都奇怪,它怎么没

---

[1] 梅契尼科夫(1845—1916),俄国生物学家,病理学家。比较病理学、进化胚胎学、免疫学奠基人之一。

撑死。"

"它吃得下就让它吃……猫头鹰碍着你什么啦，流氓？"

"呜——呜！"调皮的狗哀叫，四腿撇开，肚子贴地，爬起来。

接着一阵嘈杂。狗被揪住后脖颈，拖过候诊室，进了诊室。狗哀叫，挣扎，抓住地毯不走，屁股蹲地拼命后退，像马戏团的表演。诊室中间的地毯上，横着一只玻璃眼珠的猫头鹰，肚子撕裂，一些红布条戳在外面，散发出一股樟脑味。桌上满是石膏像碎片。

"我故意不收拾，让您好好瞧瞧，"季娜伤心地报告，"都跳上桌了，这混账东西！抓住猫头鹰尾巴——嚓！我还没回过神，它已经把猫头鹰全撕开了。您把它的脸往猫头鹰上狠狠按几下，菲利普·菲利波维奇，让它知道，弄坏东西该怎么着。"

狗哀号起来。尽管趴在地毯上不动,但还是被揪到猫头鹰那儿去受罚。狗流着伤心的眼泪,暗想:"揍吧,千万别把我赶走。"

"猫头鹰今天就送到标本师傅那儿修一下。另外,我给你八卢布,这十六戈比是车钱,你去米尔的百货公司,给狗买个带链条的项圈。"

第二天,狗戴上宽大豪华的项圈。开始,一照镜子,狗伤心透了,赶紧夹起尾巴躲进浴室,寻思怎么在柜子或者箱子上把项圈蹭断。但狗很快明白,它简直是傻瓜。季娜用链条牵着它,在奥布霍夫巷散步,狗走着,就像囚犯,羞红了脸,然而,沿着普列奇斯坚卡大街走到基督教堂,它彻悟了项圈在生活中究竟意味着什么。一路上,它看到所有狗眼里充满疯狂的嫉妒。在苗尔特维巷附近,一条断尾巴细腿的看门狗,竟对它汪汪乱叫，骂它是"老爷家的走狗""奴才"。穿过电车轨道时，警察朝项圈投来满意和尊敬的目光。回到公寓门口，发生了它一生从未见过的奇迹：门卫费奥多尔亲自打开大门，把沙里克放进去，还对季娜说：

"瞧，菲利普·菲利波维奇养了条多好的长毛狗。出奇地肥。"

"还能不肥？吃起来顶六条狗。"冻得脸色绯红的美人季娜解释。

"项圈就像皮包。"狗暗暗打了个俏皮的比方，随即老爷似的，摇头摆尾上了二楼。

悟出项圈的价值后，狗第一次访问了天堂中至今严禁它进入的福地——厨娘达里娅·彼得罗夫娜的王国。整套住宅都抵不上达里娅王国的一个角落。砌有瓷砖的黑色炉灶里天天炉火熊熊，烘箱里噼啪作响。在火焰的光柱中，达里娅·彼得罗夫娜的脸,燃烧着永恒的火辣辣的痛苦和无法抑制的情欲。这脸泛出油腻的光泽。时髦的发型遮住耳朵,后脑勺浅发的发网上,闪耀二十二颗晶莹的人造钻石。沿壁的挂钩上挂着一溜金黄的锅子,整个厨房充满各种声响和气味,带盖的器皿传出沸腾的扑扑声和咝咝声……

"滚!"达里娅·彼得罗夫娜吼起来,"滚,你这东溜西跑的小偷!居然上这儿来了!我这就拿炉条揍你!……"

"您怎么啦?咳,嚷嚷什么?"狗谄媚地眯起眼睛,"我怎么是小偷?您难道没看见我戴着项圈?"它侧身朝门口退去,掉头走了。

说怪也怪,沙里克具有某种征服人心的秘密禀赋。两天后,它已经躺在煤筐边上,悠闲地看着达里娅·彼得罗夫娜怎么干活。她操着锋利的长刀,砍下无助的榛鸡的头和爪子,接着活像凶狠的刽子手,把肉从骨头上撕下。随后从榛鸡肚里掏出内脏,又把什么东西放进绞肉机。这时,沙里克便乘机撕食掉在地上的榛鸡头。达里娅·彼得罗夫娜从盛牛奶的碗里捞出几片浸透的面包,放到案板上,把它们揉进肉糜,浇上炼乳,撒上盐,再在案板上做成一个个肉饼。炉膛像失火似的发出呼呼的声音,平底锅嗤嗤直响,泛起泡沫,跳跃沸腾的油花。炉门不时啪的一声弹开,露出烈火翻滚的可怕的地狱。

晚上,石头炉膛的火焰熄灭,下半截遮着白窗帘的窗户里,一片普列奇斯坚卡浓重而又威严的夜色,空中亮着一颗孤星。厨房的地上还没干。大大小小的锅子闪出神秘、暗淡的光,桌上放着一顶消防帽。沙里克躺在暖和的炉台上,模样就像大门口的铜狮。它好奇地竖起一只耳朵,两眼窥视季娜和达里娅·彼得罗夫娜的房间,那儿，在半掩的房门后面，一个黑胡子、系宽皮带的人激动地搂着达里娅·彼得罗夫娜。后者的脸，除了脂粉抹得太厚因而毫无生气的鼻子，整个儿燃烧着痛苦和情欲。灯光透过门缝落在黑胡子脸上。他的衣服上垂着一朵复活节的鲜花。

"魔鬼似的缠上了，"达里娅·彼得罗夫娜在昏暗中嗔怪，"放手！季娜马上来了。你怎么，也做了手术，一下子年轻啦？"

"咱们可不用这个，"黑胡子控制不住自己的感情，喑哑地回答，"您简直像一团火！"

晚上，厚重的窗帘常常遮住普列奇斯坚卡上空的孤星，如果大剧院不演《阿伊达》，全俄外科学会不开例会，上帝便坐进诊室深深的圈椅里。天花板上没有灯光，只有台上绿灯罩的台灯亮着。沙里克躺在阴暗的地毯上，目不转睛地注视着可怕的实验。在好些装有难闻的浑浊液体的玻璃器皿中,浸着人脑。上帝裸露到臂肘的手,戴着棕红色橡皮手套,滑腻而又圆圆的手指在脑回里蠕动。有时,上帝拿起锃亮的小刀,小心翼翼地切开富有弹性的黄色脑髓。

"朝着尼罗河神圣的堤岸。"上帝轻轻哼一句,一面咬着嘴唇,回想大剧院里金碧辉煌的场面。

这时,暖气管热到最高温度。暖气从管子周围升向天花板,又从天花板向整个房间扩散。藏在狗毛里未被菲利普·菲利波维奇梳掉,但已注定要被消灭的最后一只跳蚤,重又蠢动。地毯降低了屋里的噪声。随后,远远响起关门声。

"季娜去看电影了,"狗想,"等她回来,就能用晚餐。今天应该有小牛排!"

这是可怕的一天,沙里克一大早便有预感。

它突然觉得非常苦闷,连早餐——半杯燕麦粥和昨天剩下的羊肉骨头——也吃得没一点滋味。它闷闷不乐地走进候诊室,对着镜子里自己的影子轻轻叫了一声。不过,除了中午季娜牵它去林荫道散步外,情况倒也没什么异样。今天没有病人,因为谁都知道,星期二停诊。上帝独自坐在诊室里,桌上摊着几本印有彩色插图的厚厚的书。快用午餐了。想到第二道菜是火鸡——这是它从厨房里得到的确切消息——它稍稍快活了些。经过走廊时,狗听见菲利普·菲利波维奇的诊室里意外地响起刺耳的电话铃声。菲利普·菲利波维奇拿起话筒,听了一会儿,突然异常兴奋。

"太好了,"传来他的声音,"马上送来,马上!"

他顿时忙碌起来,按铃,吩咐进来的季娜立

刻摆上午餐。

"用餐！用餐！用餐！"

餐室里随即响起盘子的叮当声，季娜不停地来回奔忙，厨房里传出达里娅·彼得罗夫娜的嘀咕声，说火鸡还没做好。狗重又感到惶恐。

"屋里乱哄哄的，讨厌。"它暗想……不料，它刚这么一想，屋里更乱了。这首先得怪被咬的博尔缅塔尔大夫。大夫带来一只散发药味的箱子。进门后他甚至没脱大衣，提着箱子穿过走廊，径直跑进检查室。菲利普·菲利波维奇扔下没喝完的咖啡——这在他从未有过——迎着博尔缅塔尔大夫跑出来——这在他同样从未有过。

"什么时候死的？"他喊道。

"三小时前。"博尔缅塔尔回答，没摘沾满雪花的帽子，拉开箱子搭扣。

"谁死了？"狗阴郁而又不满地想，一头钻到教授脚下,"乱哄哄的,真受不了。"

"走开,别在脚下乱转!快,快,快!"狗似乎觉得,菲利普·菲利波维奇朝四面喊叫,按响了所有电铃。季娜跑来。"季娜!叫达里娅·彼得罗夫娜守着电话,有事记下。我谁也不见!你留在这儿帮忙。博尔缅塔尔大夫,求求您,快,快,快!"

"讨厌,真讨厌。"狗生气地皱起眉头,自顾在其他房间里溜达,因为乱哄哄的只是检查室。季娜突然穿上殓衣一样的白罩衫,不停地从检查室跑进厨房,又从厨房回到检查室。

"怎么,去找点吃的?嘿,随他们去,见鬼。"狗拿定主意,不料遇到了意外的麻烦。

"什么也别给沙里克吃。"检查室里响起一声洪亮的命令。

"你能看得住它?真是。"

"把它关起来!"

于是,沙里克被骗进浴室,关起来。

"野蛮,"沙里克蹲在昏暗的浴室里想,"简直荒唐……"

它在浴室里呆了大约一刻钟,情绪变化不定——忽而怨恨,忽而沮丧。一切都那么无聊,捉摸不透……

"好吧,看您明天还有没有套鞋穿,尊敬的菲利普·菲利波维奇,"它想,"您已经买过两双,还得再买一双。这样您就不会把狗关起来。"

旋即,它那狠毒的念头被打断。不知为什么,脑际突然清晰地浮现出儿时生活的一幕:普列奥布拉任斯基哨卡附近一座阳光明媚的大院子,空酒瓶里太阳的碎片,破碎的砖块,自由自在的野狗。

"不,想到哪儿去了,什么样的自由都不会

让你离开这儿,干吗撒谎?"狗忧郁地想,鼻子呼哧呼哧地响着,"习惯了。我是贵族家的狗,是有教养的生物,尝到了好日子的味道。再说,自由是什么?是烟幕,是幻想,是假象……是惹麻烦的平民的胡话……"

随后,浴室的昏暗变得可怕,狗一声哀叫,扑到门上,前爪不住地在门上抓。

"呜——呜——呜!"狗的哀号像在空桶中回荡,传遍整套住宅。

"我再撕猫头鹰。"狗狂暴却又无奈地想。后来,它累了,躺了一会儿,它站起来时,浑身的毛突然根根竖起——不知为什么,它恍惚觉得浴缸里亮着可恶的狼的眼睛。

狗吓得半死的当口,浴室门开了。它赶紧出来。抖了抖毛,忧郁地准备去厨房,不料季娜抓住项圈,把它使劲往检查室拽。一丝寒气掠过狗的心头。

"拉我进去干什么?"它觉得可疑,"伤口长好啦——莫名其妙。"

狗挺着四肢在溜滑的镶木地板上移动,就这样被拖进检查室。检查室里从未见过的强烈灯光把狗惊呆了。天花板上一盏圆灯亮得刺眼。灿烂的白光中站着术士,嘴里哼着歌唱尼罗河神圣堤岸的曲子,只是凭着一股隐隐约约的气味,狗才认出,此人便是菲利普·菲利波维奇。一顶主教帽形状的白帽,遮住他整齐的白发。上帝穿一身白衣,白衣外面,仿佛神甫胸前绣十字架的长巾,套着狭长的橡皮围身。两只手上戴着黑手套。

被咬的人戴着同样的帽子。长桌已经拉开,边上紧挨一张光亮耀眼的独脚小方桌。

狗在这里最恨被咬的人,恨他今天的眼睛。

这双通常勇敢正直的眼睛，现在东张西望，竭力避开狗的目光，显得紧张，虚伪，眼睛深处隐藏着即便不是完整的阴谋，也是卑鄙肮脏的动机。狗朝他投去沉重而又阴郁的一瞥，自顾走到角落里。

"摘掉项圈，季娜，"菲利普·菲利波维奇不大响亮地说，"别把它惹恼了。"

季娜的眼睛一刹那间变了，变得和被咬的人一样可恶。她走到狗的身边，分明虚情假意地在它身上抚摸几下。狗苦闷而又鄙夷地瞅了她一眼。

"行呵……你们有三个人。拿去吧，要是你们想拿。不过，你们应当害臊……要是我知道你们想拿我怎么办……"

季娜摘掉项圈，狗甩甩头，鼻子喷了口气。突然，被咬的人站到它面前，身上散发出麻药难闻的气味。

"呸,什么鬼味道……我怎么昏昏沉沉,心慌得厉害……"狗想,于是后退几步。

"快,大夫。"菲利普·菲利波维奇急不可耐地说。

空气中骤然出现一股甜津津的气味。被咬的人两眼警觉而又阴险地盯着狗,突然从背后抽出右手,敏捷地用一团湿棉花捂住狗鼻子。沙里克吓呆了,头有点晕,但它及时跳开了。被咬的人跟着一个箭步,冷不丁地又用棉花捂住它的脸。狗顿时觉得没法喘气,但它又一次挣脱了。"坏蛋……"这个念头在脑际一闪。"这是干什么?"它的脸又被棉花捂住。一刹那,检查室中央突然出现一泓湖水,湖面的几条小船上坐着阴司里兴高采烈、从未见过的红毛狗。腿没了骨头,弯下了。

"上手术台!"菲利普·菲利波维奇快乐的声音不知坠进了湖水的什么地方,旋即在橙黄色的水流中漂散。恐惧消失,随之而来的是喜悦。大约有两秒光景,渐渐失去知觉的狗,觉得被咬的人很可爱。随后,整个世界翻了个底朝天,但下腹仍能感到一只凉快的手的动作。再往后,便什么也不知道了。

4

沙里克伸开四肢，躺在狭长的手术台上，头无力地一次次落在白漆布枕头上。肚子上的毛，已经剃光，这会儿博尔缅塔尔大夫喘着粗气，急急忙忙地用推子给沙里克剃头。菲利普·菲利波维奇两手撑在手术台边上，一双像金丝镜架一样闪光的眼睛注视着术前准备，一面兴奋地说："伊凡·阿诺尔多维奇，最重要的是我摸到蝶骨的一刹那。到时候，求求您，立即把脑垂体给我，马上缝合。要是缝合时开始出血，我们就会失去时间,失去这条狗。不过,它反正完了。"他沉默了一会儿,眯起眼睛,对嘲笑似的半睁半闭的狗眼看了看,补充说:"瞧,我怪可怜它的。这您想想也知道,我已经和它混熟了。"

这时他举起双手,似乎在祝福不幸的沙里克创立艰巨的功勋。他尽量小心翼翼,不让一粒尘埃落在黑色橡皮上。

推掉狗毛,露出白色的头皮。博尔缅塔尔扔掉推子,换上剃刀。他在耷拉的窄小狗头上涂好肥皂,用剃刀刮起来。刀口刮出嚓嚓的响声,有些地方渗血了。刮完后,被咬的人又用浸过汽油的棉球擦了擦狗头,随后他拉开狗的后爪,抻平光秃的肚皮,喘着粗气说:"行了。"

季娜拧开洗手池上的龙头,博尔缅塔尔跑去洗手。季娜从玻璃瓶里朝他手上浇了些酒精。

"我可以走了,菲利普·菲利波维奇?"她

问,害怕地朝刮光的狗头斜了一眼。

"可以。"

季娜消失。博尔缅塔尔又忙活起来。他把一块块薄薄的纱布放在沙里克的头部四周,于是枕头上出现了谁也没见过的光秃的狗头和长着胡须的古怪的狗脸。

这时,术士动了一动。他挺直身体,朝狗头看了一眼,说:

"上帝,祝福它吧。手术刀。"

博尔缅塔尔从小桌上一堆闪光的器械里抽出一把圆肚小刀,把它递给术士。随后他也戴上和术士一样的黑手套。

"睡了?"菲利普·菲利波维奇问。

"睡了。"

菲利普·菲利波维奇一咬牙,两眼射出尖利的光,举起手术刀,准确地在沙里克肚子上划了一道长长的口子。皮肤立时分开，鲜血四溅。博尔缅塔尔迅速扑上去，用一团团纱布捂住沙里克的刀口，接着用一把把方糖夹子似的小钳子，钳住刀口边缘。刀口的血止了。博尔缅塔尔额头渗出许多细小的汗珠。菲利普·菲利波维奇又划一刀。沙里克的腹部被两人用钩子、剪子和异形夹子，打开一个窟窿，露出渗血的粉红色和黄色组织。菲利普·菲利波维奇拿手术刀在腹腔内划了几下，随后喊道："剪子！"

剪子在被咬的人手里变魔术似的一闪。菲利普·菲利波维奇在沙里克腹腔深处，剪了几下，取出一对带有边缘组织的睾丸。因为操作和兴奋，浑身冒汗的博尔缅塔尔跑到一个玻璃缸前，从中取出另一对湿漉漉、软绵绵的睾丸。一些短小湿润的筋脉在教授和助手的两双手中抖动和缠绕，夹子频频夹住弯针，发出细碎的金属声。一对睾丸被移植到沙里克体内。术士从刀口上抬起身，用一团纱布捂住刀口，命令：

"大夫，马上缝合。"旋即转身看了看墙上的白色圆钟。

"用时十四分。"博尔缅塔尔从牙缝中挤出一句话，一面用弯针缝合松弛的皮肤。随后，两人全都激动起来，就像两个急于行事的凶手。

"手术刀！"菲利普·菲利波维奇喊道。

手术刀似乎自己跳进了他手里。菲利普·菲利波维奇的脸顿时变得十分可怕。他龇着白牙和金牙，在沙里克头顶上划出一个红色的圆圈。刮光的头皮被整个儿揭下，露出颅骨。菲利普·菲利波维奇喊道：

"环钻！"

博尔缅塔尔递给他一把锃亮的手摇钻。菲利普·菲利波维奇咬着嘴唇，用钻头抵住沙里克的颅骨,围绕颅骨钻出一个个相距一公分的小孔。他每次钻孔的时间,都没超过五秒。随后他把异形锯的一端伸进第一个小孔,像手工制作女式箱子似的锯起来。颅骨发出吱吱声,颤抖着。约莫过了三分钟,沙里克被揭开顶骨。

于是,露出沙里克圆顶状的脑子,它呈灰色,上面布满淡青色脉络和红色斑点,菲利普·菲利波维奇把剪子伸进脑膜,剪开口子。一股血细细地喷出来,差点射入教授的眼睛,但溅到了他的帽子。博尔缅塔尔拿着弯镊,像老虎似的扑上来止血。血立刻止了。博尔缅塔尔浑身大汗,脸部肌肉隆起,颜色不一,眼睛在教授的双手和器械桌的盘子间来回盼顾。菲利普·菲利波维奇满脸狰狞,鼻子发出呼哧呼哧的响声,咧开的嘴巴露着牙龈。他从狗脑上剥离脑膜后,手朝颅腔深处探去,从打开的颅腔中托起半圆形脑子。这时，博尔缅塔尔脸色发白，用手按住沙里克胸口，喑哑地说："脉搏急剧减慢……"

菲利普·菲利波维奇像头野兽似的扫了他一眼，生气地说了什么，手向颅腔深处探去。博尔缅塔尔啪地打开一支针剂，把药水吸进注射器，狡诈地在沙里克心脏附近打了一针。

"我这就摸到蝶骨了。"菲利普·菲利波维奇高声说，旋即，一双带血的、滑腻腻的手套，从颅腔中托出沙里克灰黄的脑子。他朝沙里克的脸迅速瞥了一眼，博尔缅塔尔立刻又打开一支装有黄色药水的针剂，把药水吸进细长的注射器。

"打心脏？"他胆怯地问。

"还问什么？"教授恶狠狠地吼叫，"反正它在您手里已经死了五次。打！难道还行？"他的脸，活像振奋的强盗。

大夫一抬手，把针轻轻扎进狗的心脏。

"还活着,不过很危险。"他胆怯地喃喃。

"现在没工夫讨论,活着还是死了,"神色可怕的菲利普·菲利波维奇嘶哑地说,"我摸到蝶骨了。它反正完了……唉,你呀……'朝着尼罗河神圣的堤岸'……把脑垂体给我。"

博尔缅塔尔递给他一个玻璃瓶,瓶内的药水中,晃动着一团用线系住的白色东西。他一只手利索地取出晃动的东西,("欧洲没人比得上他……我敢发誓!"博尔缅塔尔暗想。)另一只手用剪子在撑开的大脑两个半球间的深处,剪下同样的一团东西。他把沙里克的脑垂体扔进一个盘子,又把新的脑垂体和系着的线一起安进狗脑,他短短的手指此刻似乎奇迹般地变得又细又软,灵巧地把那条琥珀色的线缠了几下,缚住脑垂体。然后他从颅腔里取出异形夹子和钳子,把狗脑放进颅腔,身体朝后一仰,比较平静地问:"死了，是吗？……"

"脉搏很细。"博尔缅塔尔回答。

"再打一针肾上腺素。"

教授迅速用脑膜包住狗脑，严丝密缝地合上顶骨，盖上头皮，喊道：

"缝合！"

博尔缅塔尔只用五分钟便缝合了头上的刀口，虽然弄断了三根针。

现在，被血染红的枕头上，出现了沙里克毫无生气的脸，头顶上有个环形刀口。

菲利普·菲利波维奇像吸足血的魔鬼，直挺挺地离开手术台。他从汗涔涔的手上拉下一只冒着热气的手套，拉破了另一只，把破手套往地上一扔，按了墙上的电铃。季娜出现在门口，她扭过脸，不愿看见血泊中的沙里克。术士抬起两只惨白的手，摘下血迹斑斑的帽子，大声说：

"给我支烟,马上,季娜。准备一套干净衬衣,浴缸放水。"

他把下巴支在手术台边上,两个手指分开狗的右眼皮,看了看显然渐渐失去生命的眼睛,说:"瞧,见鬼。还没死。不过,反正得死。唉,博尔缅塔尔大夫,多可惜。这狗挺讨人喜欢,尽管有点滑头。"

5

博尔缅塔尔大夫日记摘抄

一本信笺大小的薄薄的笔记本。里面都是博尔缅塔尔的字。头两页字迹工整,清晰,写得密密麻麻,后面几页,字迹潦草,写的时候心绪不宁,有许多墨水迹。

一九二四年十二月二十二日 星期一

病历

实验用狗,约两岁。雄性。品种:杂种。名

字：沙里克。毛稀，不匀，淡褐色，间有绛黄色斑点。尾巴呈奶黄色。身体右侧[1]有烫伤愈合的疤痕。营养状况：被教授收养前不良，收养一周后极肥。体重：八公斤！心、肺、胃、体温……

十二月二十三日　晚上八点三十分，按普列奥布拉任斯基教授的设想，进行欧洲第一例手术：在氯仿麻醉下，切除沙里克的睾丸，移植取自手术前四小时四分死亡，保存在灭菌生理盐水中的二十八岁男子的睾丸、附睾和精囊。

随后，实施手术，锯开颅骨，切除脑垂体，移植上述男子的脑垂体。

注射氯仿8cc，樟脑一针，心脏注射肾上腺素两针。

手术目的：进行普列奥布拉任斯基实验，配

---

1 原文如此。

套移植脑垂体和睾丸，弄清移植的脑垂体能否成活以及它对恢复人体青春的影响。

主刀：普列奥布拉任斯基教授。

助手：伊·阿·博尔缅塔尔博士。

术后情况：夜间脉搏反复急剧减慢。随时可能死亡。按普列奥布拉任斯基教授的处方，注射大剂量樟脑。

十二月二十四日　上午，情况好转，呼吸加快一倍。体温：42。皮下注射樟脑、咖啡因。

十二月二十五日　再次恶化。脉搏勉强可以摸到。四肢发冷。瞳孔无反应。按普列奥布拉任斯基教授的处方，心脏注射肾上腺素、樟脑，静脉注射生理盐水。

十二月二十六日　略有好转。脉搏：180；呼吸：92；体温：41。樟脑。灌食。

十二月二十七日　脉搏：152；呼吸：50；

体温：39.8。瞳孔有反应。皮下注射樟脑。

十二月二十八日　大有好转。中午突然大量出汗，体温：37。刀口状况如前。换药。出现食欲。流汁。

十二月二十九日　突然发现前额和身体两侧脱毛。请皮肤病教研室教授瓦西里·瓦西里耶维奇·本达列夫和莫斯科模范兽医学院院长会诊。两人一致认为，该症状未见于医学文献。未做明确诊断。体温正常。

（以下铅笔）

晚上出现第一次叫声（八点十五分）。发现叫声音色改变，音调降低。不是"汪——汪"，而是"阿——噢"，近似呻吟。

十二月三十日　全身出现脱毛症状。测量体重的结果出乎意料——三十公斤，因为骨骼生长（变长）极快。狗仍卧床。

十二月三十一日　食欲大增。

（笔记本上一团墨水迹，后面字迹潦草）

中午十二点十二分，狗清晰地叫了一声"А——б——ыр"。

（日记中断，下面显然因为激动写错了日期）

十二月一日（画掉，重写）一九二五年一月一日　上午拍了照片。清晰地叫着"Абыр"，一再大声重复，似乎相当高兴。下午三点（大字）突然发笑，吓得女仆季娜晕倒。晚上，连叫八次"Абыр——валг""Абыр"。

（铅笔写的斜体字）教授破译了"Абыр——валг"，这是倒着说的"渔业总局"……简直骇人听闻……

一月二日　用镁光灯拍了微笑时的照片。下床，很有把握地用后腿站了半小时。几乎和我一样高。

（笔记本里夹着一张纸）

俄国学派险些遭受重大损失。

菲·菲·普列奥布拉任斯基教授病史。

一点十三分，普列奥布拉任斯基教授突然昏厥。跌倒时头部撞在椅子腿上。缬草酊。

当时，我和季娜在场，狗（当然，假如可以叫"狗"的话）把普列奥布拉任斯基臭骂一顿。

（日记中断）

一月六日（有铅笔字，也有紫墨水字）

今天，它的尾巴脱落，十分清楚地说了"啤酒店"。录音。鬼知道怎么回事。

———————

我不知道该怎么办。

———————

教授已经停诊。下午五点开始，从这家伙走来走去的检查室里，不断传出清楚下流的叫骂和

"再来两杯"的喊声。

一月七日　它说了许多互不相关的话:"马车夫""没位子""晚报""送给孩子们的最好礼物",以及俄语中所有骂人的脏字。

它的外表极怪。仅仅头上、下颌和胸前有毛。其他部位都是光秃秃的,皮肤松弛。性器官部位渐渐显示男子特征。颅骨显著增大。前额低平。

上帝,我快疯了。

菲利普·菲利波维奇仍然身体欠佳。主要由我进行观察。(录音,照相。)

全市都在流传谣言。

后患无穷。今天白天整条巷子挤满混混和老太婆。围观者直到现在还站在窗下。晨报登了一条令人瞠目的简讯。"火星人飞降奥布霍夫巷的传闻纯属谣言,此系苏哈列夫卡集市商人所散布。谣言必将受到严惩。"见鬼,哪来的什么火星人?这是一场噩梦。

《晚报》更妙。说是有个婴儿一生下来就会拉小提琴。旁边的插图画了一把小提琴,还有我的照片,照片底下配着文字说明:"为婴儿母亲施行剖腹产的普列奥布拉任斯基教授。"这可真是没说的……它说了一个新词:"警察"。

原来达里娅·彼得罗夫娜爱上了我,从菲利普·菲利波维奇的相册里拿走了我的照片。我把记者赶走后,有人钻进厨房……

门诊时间忙得不可开交！今天门铃响了八十二次。电话已经拉掉，没有孩子的太太们真是疯了。全往这儿跑……

以施翁德尔为首的公寓管委会全体出动。他们来干什么，连他们自己都说不清。

一月八日　晚上作了明确诊断。菲利普·菲利波维奇作为真正的学者，承认了自己的错误：更换脑垂体并不能使机体年轻化，只会使机体完全人化（"人化"下画了三道线，以示强调）。但他令人惊叹的发现并不因此有所逊色。

这家伙今天第一次去各个房间兜了一圈。在走廊里瞅着电灯发笑。随后，由菲利普·菲利波维奇和我陪着，走进诊室。它的后腿（画掉）……两脚站得很稳，看上去像个矮小、丑陋的男子。

在诊室里它又笑了。它的笑声使人不快,像是假的。随后,它搔后脑勺,朝周围扫了一眼。我记下了它说得清清楚楚的一个新词:"资本家"。它骂人了。不紧不慢,没完没了地骂,看那样子,连它自己都不知道它在骂什么。有点像录音机放录音:似乎这家伙以前在什么地方听到许多脏话,便自动地、下意识地把这些脏话装进自己脑袋,现在又把这些脏话一串串抛出来。不过,我不是精神病专家,见鬼。

不知为什么,菲利普·菲利波维奇听到这脏话特别沮丧。他常常无法沉着冷静地观察新现象,似乎失去了耐性。所以,当这家伙乱骂时,他突然恼火道:

"住口!"

但是,一无效果。

在诊室里逛了一会儿,我们一起把沙里克送

回检查室。

随后,我和菲利普·菲利波维奇商量了一次。我应当承认,我是第一次看到这个自信而又绝顶聪明的人没了主意。他习惯地哼着曲子,问我:"现在我们该怎么办?"接着自己做了这样的回答:"莫斯科服装公司,对……'从塞维利亚到格林纳达'。莫斯科服装公司,亲爱的大夫……"我没听明白。他解释说:"我请你给它买套衣服,伊凡·阿诺尔多维奇,内衣、裤子和上衣。"

一月九日 它的词汇量增长极快,平均每五分钟增加一个新词,从今天上午起,它讲了不少句子。似乎这些词句以前冷冻在它意识里,现在一一融化,流了出来。所有说过的词句,它都会用。从昨天晚上起,录音机录下这样一些话:"别挤""卑鄙的家伙""下去,别站在踏脚上""看我揍你""承认美国""煤油炉"。

一月十日　给它穿衣服。穿衬衫时它很乐意,甚至高兴地笑了。但拒绝穿内裤,哑着嗓子表示抗议:"排队,狗崽子,排队!"衣服穿好了。袜子太大。

(笔记本里画着一些示意图,从种种迹象上看,画的是狗爪变成人脚的过程)

脚掌后半部骨骼变长。脚趾延伸。爪子依旧。

反复教它上厕所。女仆灰心丧气。

不过,应当肯定这家伙的理解力。事情进展顺利。

一月十一日　完全习惯了穿裤子。说了一句很长的俏皮话:"给我一支烟——你的裤子颜色也像烟。"

头上的毛极软,像丝一样光滑。很容易和头发混淆。但头顶上仍有绛黄色斑点。今天耳朵上最后一撮毛也脱落了。食欲惊人。鲱鱼吃得津津有味。

下午五点发生一件大事：这家伙第一次有了反应，说了一句不是和周围事物无关的话。经过如下：

教授吩咐它："别把骨头扔在地上。"不料它顶了一句："去你的，浑蛋。"

菲利普·菲利波维奇大吃一惊，待缓过神来，他说："你要再敢骂我，或者骂大夫，你准倒霉。"

我拿起相机，拍下了这一瞬间的沙里克。我敢保证，它听懂了教授的话。脸上立时蒙上忧郁的阴影。它恶狠狠地白了教授一眼，但没吭声。

乌拉，它懂人话！

一月十二日　它两手插在裤袋里。我们教育它不可骂人。它用口哨吹了《呵，小苹果》。它能和人交谈。

我不能不做几点猜想。恢复青春的研究暂时见鬼去。另一个问题远为重要：普列奥布拉任斯基教授非凡的实验，揭开了人脑的一个秘密。现在脑垂体的神秘功能已经弄清。它决定人的外貌。它分泌的激素可以说是人体最重要的激素——外貌激素。科学打开了一个新领域：不用浮士德的曲颈瓶就造出了矮人。外科医生的手术刀为生活召来了一个新人。普列奥布拉任斯基教授，您是下凡的上帝。（墨水迹）

不过，我扯远了……总之，它能和人交谈。按我估计，情况大致如下：移植的脑垂体打开了狗脑的语言中枢，于是它不断说话。我认为，我们面对的是一副刚刚复苏，然而原本已经发达的脑子，并非一副再造的脑子。噢，进化论的奇妙证明！噢，从狗到化学家门捷列夫的绝顶伟大的锁链！我还有一个猜想：沙里克的脑子，在狗的生活阶段已经积累了无数概念。它一开口便是街上流行的粗话。这些话当然是它以前听见并且储存在脑子里的。现在走在街上，看见迎面跑来的狗，我内心总有一种惴惴不安的感觉。上帝知道，它们脑子里装着什么。

沙里克识字。识字！！！这是我猜出来的。它能倒着说出"渔业总局"，说明它能倒着识字。我甚至知道谜底：这是狗的视神经构造上的毛病。

莫斯科怎么了？简直莫名其妙。苏哈列夫卡集市的七个商人，因为散布谣言，说布尔什维克招来了世界末日，已经坐牢。达里娅·彼得罗夫娜说得活灵活现，甚至说出了世界毁灭的准确

日期：一九二五年十一月二十八日，也就是圣徒斯特凡日，地球将撞向天轴……有些骗子乘机到处开讲座。因为我们做了脑垂体手术，现在教授家里又脏又乱，简直让人没法待。我应普列奥布拉任斯基的请求，搬进他的寓所，和沙里克一起睡在候诊室里。检查室成了候诊室，真的给施翁德尔说中了。公寓管委会幸灾乐祸。柜子都没玻璃，因为这家伙乱蹦乱跳。费了好大劲才使它改掉这习惯。

菲利普变得有点不可捉摸。我对他说了自己的猜想，希望把沙里克培养成一个精神高尚的人，不料他轻蔑地哼了一声，回答："您这样想？"他的语调使我不安。难道我错了？老头似乎悟出了什么。我记录沙里克的病史时，他坐着翻阅被我们摘取脑垂体的死者的履历。

（笔记本里又夹一张纸）

克里姆·格里戈里耶维奇·丘贡金，二十五岁[1]，未婚。无党派，拥护政府。曾三次被收审，均获释放：第一次因为证据不足；第二次因为考虑到他出身好；第三次判十五年苦役，缓期执行。盗窃。职业：轮流在各家小酒店里演奏三弦琴。

矮小，丑陋，肝肿大（酒精中毒）。死亡原因：在普列奥布拉任斯基哨卡附近的"红灯"啤酒店，被人用刀刺中心脏。

老头一动不动地研究克里姆的病史。我不明白，这是为什么。他嘟哝说，不该事先没想到从

---

[1] 原文如此。

病理解剖的角度,全面检查丘贡金的尸体。这又是为什么?真叫人纳闷。移植什么人的脑垂体不都一样?

一月十七日 得了流感,几天没记。在这段时间里,沙里克的外貌已经彻底定型。

(1)身体构造和人完全一样;

(2)体重约五十公斤;

(3)身材矮小;

(4)头小;

(5)开始抽烟;

(6)食用人的食品;

(7)能自己穿衣;

(8)能流利交谈。

移植脑垂体竟有这样的奇效(墨水迹)。

病史到此结束。我们面对的是一个新的机

体。对它的观察需要从头开始。

附件：速记，录音带，照片。

签名：菲·菲·普列奥布拉任斯基教授的助手博尔缅塔尔博士。

6

冬天的傍晚。一月底。未到用餐和门诊时间。候诊室门框上钉着一张白纸,上面有菲利普·菲利波维奇的字:

不准在寓所里嗑瓜子。

菲·普列奥布拉任斯基

下面是博尔缅塔尔用蓝铅笔写的像纸杯蛋糕似的大字:

下午五点至上午七点禁止弹奏任何乐器。

随后是季娜的字:

您回来时,请告诉菲利普·菲利波维奇,我不知道他去哪儿了。费奥多尔说,他是和施翁德尔一起走的。

又是普列奥布拉任斯基的字:

我等玻璃师傅要等一百年?

达里娅·彼得罗夫娜的字(印刷体):

季娜去商店了,她说她会把他领回来。

餐室里一片傍晚景象，真丝灯罩下的电灯已经亮了。餐橱反射出一道道分成两半的光——餐橱的每块车边镜子上都贴着交叉的纸条。菲利普·菲利波维奇俯在桌上专注地读着摊开的报纸。愤怒的闪电不时扭曲他的脸，牙缝里断断续续挤出几句话。他在读一条简讯：

毫无疑问，这是——借用腐朽的资本主义社会的说法——他的私生子。我国从事伪科学的资产阶级便是这样寻欢作乐的！他们每人都会占用七个房间，直到司法机关的利剑在他们头上闪起红色的光芒。

施……尔

两堵墙后面不断传来得意而又熟练的三弦琴声。"月亮照呀，照呀"的俏皮变奏和简讯的文

字,在菲利普·菲利波维奇头脑里讨厌地搅成一锅粥。读完简讯,他祛邪似的回头啐了口唾沫,又机械地哼起三弦琴弹奏的曲子:

"月亮照呀……照呀……月亮照呀……照呀……呸!缠着没完,这死的曲子!"

他按铃。厚厚的门帘中出现季娜的脸。

"告诉他,五点了,该停了。再叫他来这儿。"

菲利普·菲利波维奇坐在桌旁的圈椅里,左手夹着一截褐色雪茄。门帘旁,斜倚门框站着一个两脚交叉、矮小而又丑陋的人。他的头发很硬,就像田野里拔掉又重新长出的一丛丛草。脸上蒙着没有刮过的汗毛。额头极低。两道蓬乱的黑眉毛上面,几乎就是毛刷一样浓密的头发。

左腋下已经裂口的上衣,沾了些许麦秆碎屑,条纹裤的右膝有个窟窿,左膝上一摊淡紫色油漆。此人脖子上系着刺眼的天蓝色领带,领带上佩一枚人造红宝石别针。这条领带的颜色那么怪异，以致菲利普·菲利波维奇一合上疲倦的眼睛，便在黑暗中看到，忽而天花板上，忽而墙上，有个带天蓝色光环的燃烧火炬。睁开眼睛，他同样觉得眼花，因为地板上反射出扇形光亮的半高漆皮鞋和白袜套，立即扑入眼帘。

"像穿了一双套鞋。"菲利普·菲利波维奇不快地想。他叹口气，吸了两口已经熄灭的雪茄，想把雪茄重新点上。站在门口的人不时用混浊的眼睛看看教授，顾自抽烟，任凭烟灰落在胸衣上。

墙上，木雕榛鸡旁的挂钟敲了五下。钟内机械的声响尚未停息，菲利普·菲利波维奇便说：

"我好像说过两次了，请您不要睡在厨房的炉灶边上，特别是白天，是吗？"

那人嘶哑地咳了一声，像是喉咙里卡着小骨

头,回答:

"厨房里的空气闻着舒服。"

他的声音极怪,低沉而又洪亮,仿佛小木桶里的回声。

菲利普·菲利波维奇摇摇头,问:

"哪儿弄来的这种垃圾?我说领带。"

那人噘着嘴,顺着教授的手势垂下眼睛,喜欢地看了看领带。

"怎么是'垃圾'?"他说,"挺阔气的领带。达里娅·彼得罗夫娜送的。"

"达里娅·彼得罗夫娜送了您一件劣等品,就跟这双皮鞋一样。这是什么亮光光的玩意?哪来的?我说什么啦?买双像样的皮鞋。可这是什么?难道博尔缅塔尔大夫会买这种鞋?"

"是我让他买漆皮鞋的。我怎么,低人一等?您到库兹涅茨桥去看看,所有人都穿漆皮鞋。"

菲利普·菲利波维奇不住地摇头，随后厉声说：

"以后不许在厨房里睡觉。懂吗？这太不像话！您得知道，您在那儿不方便。那儿有女人。"

那人顿时沉下脸，嘴唇噘起。

"咳，女人。有那么了不起。又不是什么高贵的太太。普通佣人，架子拿得像政委夫人。这都是季卡告的刁状。"

菲利普·菲利波维奇严厉地瞥了他一眼：

"不准叫季卡，得叫季娜！懂吗？"

沉默。

"懂吗？我在问你！"

"懂了。"

"扔掉脖子上这种垃圾。您……你……您去照照镜子——您像什么。像住板棚的贫民。烟头不准丢在地上,我都说过一百遍了。往后我不想在家里再听到一句脏话!不准随地吐痰!这是痰盂。用厕所要注意卫生。不准和季娜胡扯。她对我说了,您常常在暗处守候她。您得注意!还有,谁这样回答病人:'狗才知道!'您怎么,真以为您在小酒店里?"

"怎么说呢,老爹,您管我也管得太厉害了。"那人突然哭丧着脸说。

菲利普·菲利波维奇的脸唰地红了,眼镜闪出光亮。

"这儿谁是您老爹?油腔滑调什么?往后我不想再听到这种话!叫我得用名字和父称!"

那人燃起反抗的表情。

"您怎么没完没了……一会儿不准随地吐痰,一会儿不准抽烟。一会儿不准乱走……这究竟是怎么啦?跟坐电车似的。您还让我过日子吗?至于叫您'老爹',这您生的什么气。难道我请您给我动手术啦?"那人愤愤地吠叫着,"干得真不赖!抓来一只动物,两下三下剖开脑瓜,可这会儿又嫌弃他。也许我还不同意做手术。再说(那人朝天花板翻起眼珠,仿佛在回忆什么公式),再说我家属也不同意。也许,我有权起诉。"

菲利普·菲利波维奇眼睛瞪得溜圆。手里的雪茄掉了。"嘿,真不是东西。"一个念头倏地掠过脑际。

"把您变成人,您倒不满意了?"他稍稍眯起眼睛问,"也许,您宁愿重新到泔水池里刨吃的?待在门洞里挨冻?要是我原先知道……"

"您怎么老是训人——泔水池,泔水池。反正我能弄到自己的一块面包。可我要是在您手术刀下死了呢?您怎么说,同志?"

"叫菲利普·菲利波维奇!"菲利普·菲利

波维奇恼火地吼道。"我不是您的同志！荒唐！"他不由暗暗叫苦："噩梦！噩梦！"

"当然，那还不是……"那人嘲笑说，随即得意地挪开交叉的腿，"我们理解，先生。我们哪配做您的同志！根本不配。我们没上过大学，没住过十五个房间带浴室的房子。不过现在得把这一套收起来。现在每人都有自己的权利……"

菲利普·菲利波维奇脸色发白，听着那人的议论。那人把话打住，捏着嚼烂的烟头，故作姿态地朝烟灰缸走去。他的步态摇摇摆摆。他在烟灰缸里久久捻着烟头，那表情分明在说："行了吧！行了吧！！"捻灭烟头，刚走几步，突然咯咯地咬着牙齿，把鼻子伸进夹胳肢窝里。

"抓跳蚤得用手指！得用手指！"菲利普·菲利波维奇恼火地喊，"我不明白，您这是从哪儿弄来的跳蚤？"

"看您说的,难道是我养的跳蚤?"那人生气了,"明摆的事,跳蚤喜欢我。"他说着用手指在腋下的衣袖衬里上摸了一阵,扔出一小团棕红的棉絮。

菲利普·菲利波维奇把目光投向天花板上的花纹,手指在桌上打起鼓点。那人掐死跳蚤,走近椅子,径自坐下。他在上衣翻领两边垂下双手,眼睛斜睨着格子镶木地板。他看了看自己的皮鞋,心里十分得意。菲利普·菲利波维奇朝他皮鞋圆头上亮得刺眼的光斑瞅了一眼,眯起眼睛,问:

"您还有什么事要说?"

"谈不上有什么事!只是想麻烦您一下。我需要证件,菲利普·菲利波维奇。"

菲利普·菲利波维奇一震。

"嗯……见鬼!证件!真的……嗯……也许,

这可以想想办法……"他的声音显得惶惑而又苦恼。

"行行好,"那人自信地说,"没证件怎么行?这事儿,我可是抱歉了。您自个儿知道,没证件的黑人是不准存在的。首先,公寓管委会……"

"这和公寓管委会有什么相干?"

"怎么有什么相干?他们一见我就问。'呵,尊敬的,你什么时候来报户口?'"

"咳,你呀,上帝,"菲利普·菲利波维奇沮丧地喊道,"'他们一见我就问……'想想也知道,您会对他们说什么。可我叮嘱过您,没事别到楼梯上乱转。"

"怎么,我是囚犯?"那人诧异了,甚至他的红宝石也闪耀出真理的光辉。"这怎么叫'乱转'?您的话够难听的。我出去走走,跟所有人一样。"

他说着,用两只穿漆皮鞋的脚蹬蹬镶木地板。

菲利普·菲利波维奇没吭声,眼睛望着边上。"不管怎样,得克制自己。"他想。他走近餐橱,一口气喝了一杯水。

"很好,"他比较平静地说,"问题不在于话怎么说。那么,您的这个可爱的公寓管委会说什么来着?"

"公寓管委会还能说什么……您骂它可爱的那是骂错了。公寓管委会保护正当权益。"

"谁的正当权益,请问?"

"那还不清楚,谁的——劳动者的。"

菲利普·菲利波维奇两眼一瞪。

"您怎么是劳动者?"

"那还不清楚,不是耐普曼[1]。"

"嗯,好吧。那么为了保护您的革命权益,公寓管委会想干什么?"

"那还不清楚,给我报户口。他们说了,哪见过没户口的人住在莫斯科,这是一。而最主要的,得有户口登记卡。我可不愿当黑人。再说,工会、职业介绍所……"

"请问,我凭什么给您报户口?凭这条台布,还是凭我自己的身份证?总得考虑具体情况吧!别忘了,您是……这个……嗯……您是,这么说吧,意外的产物,实验室的产物。"菲利普·菲利波维奇越说越没把握。

那人得意地沉默着。

"很好。为了给您报户口,办理一切,按你们

―
[1] 苏联新经济政策时期(1921—1936)出现的资产者。

这个公寓管委会的意见,究竟要做些什么?要知道,您连姓名都没有。"

"这您就说得不对了。名字我完全可以自己取。我已经登过报,有名字了。"

"您叫什么名字?"

那人整整领带,回答:

"波利格拉夫·波利格拉福维奇[1]。"

"别装傻瓜,"菲利普·菲利波维奇阴郁地回答,"我和您说的是正经话。"

一丝冷笑扭曲了那人的胡子。

"我真不明白,"他得意而又得理地说,"我骂娘不行,随便吐痰不行。可我就听见您说:'傻瓜,傻瓜。'看来只有教授可以在俄罗斯联邦骂人。"

---

[1] "波利格拉夫"意为复印机。

菲利普·菲利波维奇满脸通红，倒水时，打破了杯子。他又拿了个杯子，喝了点水，暗想："再过几天，他就要教训我了，还理由十足。我没法控制自己。"

他在椅子上转过身，分外客气地弯了弯腰，随即坚定地说：

"对不起。我神经紊乱。您的名字我觉得挺怪。我想知道，您是从哪儿给自己找了这么个名字？"

"公寓管委会出的主意。他们一边翻日历，一边问我'你要哪个'，我就选了这个。"

"哪本日历上都不可能有这类名字。"

"真是怪了，"那人冷冷一笑，"您检查室里明明挂着。"

菲利普·菲利波维奇没站起来，伸手按了墙上的电铃，季娜听到铃声马上来了。

"把检查室里的日历拿来给我。"

冷场。季娜把日历拿来后,菲利普·菲利波维奇问:

"哪儿有?"

"三月四日是他的诞辰。"

"翻给我看……嗯……见鬼。把它扔到炉子里去,季娜,马上烧掉。"

季娜害怕地瞪着眼睛,拿起日历走了。那人责备地摇摇头。

"倒要请教您姓什么?"

"我同意沿用我原先的姓。"

"什么?原先的姓?那是什么?"

"沙里科夫。"

———————

诊室的写字台前站着公寓管委会主任,穿皮上衣的施翁德尔。博尔缅塔尔大夫坐在圈椅里。

他被严寒冻红的脸上(他刚回来)满是迷茫,就像坐在边上的菲利普·菲利波维奇。

"怎么写?"教授烦躁地问。

"这有什么难的,"施翁德尔说,"问题并不复杂。写个证明,教授公民。兹证明此人确系沙里科夫·波利格拉夫·波利格拉福维奇,嗯……生于您的寓所。"

博尔缅塔尔大夫困惑地在圈椅里动了动。菲利普·菲利波维奇一抽胡子。

"嗯……见鬼!再想不出比这愚蠢的说法。他根本不是生的,无非……嗯,总之……"

"这是您的事,"施翁德尔平静而又幸灾乐祸地说,"他究竟是生的,还是不是生的……总之,是您做了实验,教授!所以,是您造出了沙里科夫公民。"

"这很简单。"沙里科夫从书柜旁,像狗叫似的插了一句。他在欣赏镜子深处映出的领带。

"我请您不要说话，"菲利普·菲利波维奇没好气地说，"您说'这很简单'完全不对，这很不简单。"

"我怎么可以不说话。"沙里科夫气恼地嘟哝。

施翁德尔立刻支持他。

"对不起，教授，沙里科夫公民完全正确。这是他的权利——参与讨论他本人的命运问题，况且事情牵涉到证件。证件可是世界上最重要的东西。"

这时，一阵震耳的电话铃打断了谈话。菲利普·菲利波维奇对着话筒说："喂……"随即涨红了脸，喊道：

"请不要为这些小事来打扰我。这和您有什么相干？"说完狠狠地把话筒摔到支架上。

施翁德尔喜形于色。

菲利普·菲利波维奇紫涨着脸,大声说:

"总之,我们把这事办掉。"

他从笔记本上撕下一张纸,草草写了几行字,随后恼火地大声念道:

"'兹证明'……鬼知道这是什么玩意……嗯……'此人系实验室脑手术实验的产物,现需申请证件'……见鬼!我根本就反对领这种愚蠢的证件。签名:'普列奥布拉任斯基教授'。"

"真是怪事,教授,"施翁德尔满脸不快,"您怎么能说证件是愚蠢的?我不允许没证件的人住在公寓里,再说他在警察局的兵役登记簿上连个名字都没有。万一跟帝国主义强盗打仗了……"

"哪儿打仗我都不去!"沙里科夫倏地沉下脸,对着书柜像狗似的叫喊道。

施翁德尔呆住,但很快恢复了常态,客气地对沙里科夫说:

"沙里科夫公民,您说这话可是没有起码的觉悟。登记服兵役还是必要的。"

"登记可以,打仗——没门。"沙里科夫厌恶地回答,一面整整领结。

这次轮到施翁德尔为难了。普列奥布拉任斯基愤恨而又阴郁地和博尔缅塔尔对视了一眼:"倒霉,得听大道理了。"博尔缅塔尔会意地点了点头。

"我在手术时受了重伤,"沙里科夫低声哀叫,"你瞧,他们是怎么对我的。"他指了指自己脑袋。他的额头上横着一道很新的刀疤。

"您这是闹无政府主义,闹个人主义?"施翁德尔问,两道眉毛高高扬起。

"我应当享受白卡[1]。"沙里科夫回答得很干脆。

"嗯,好吧,这暂时不重要,"深感意外的施翁德尔说,"现在的事实是,我们把教授的证明给警察局送去,那儿就可以给您发证件了。"

"我想问一声,这……"显然心中有事的菲利普·菲利波维奇突然打断他,"您管的这幢楼里有空房间吗?我愿意买一间。"

施翁德尔褐色的眼睛里闪出浅黄的光亮。

"没有,教授,非常遗憾。以后也不会有。"

菲利普·菲利波维奇双唇紧闭,没再说什么。这时,电话铃又发疯似的响了。菲利普·菲利波维奇问也不问,默默从支架上摘下话筒,话筒转了几转,吊在蓝色电线上不动了。在场的人

---

[1] 免服兵役的证书。

全都一怔。"老头儿火透了。"博尔缅塔尔暗想。施翁德尔两眼炯炯发光,躬了躬身,走了。

沙里科夫穿着吱吱直响的皮靴跟了出去。

房间里只剩下教授和博尔缅塔尔两人。少顷沉默,菲利普·菲利波维奇微微摇头,说:

"这是一场噩梦,真的。您看见吗?我对您发誓,亲爱的大夫,这两星期我受的折磨超过以往的十四年!这狗杂种,我告诉您……"

远处传来低沉的打破玻璃的声音,随后隐约响起一声女人的尖叫,旋即沉寂。不知什么鬼东西贴着走廊的墙壁蹿过,朝检查室跑去,在那儿砰的一声打翻了什么,一刹那间,重又从走廊上跑回去。几扇门被重重地关上。依稀可以听见达里娅·彼得罗夫娜在厨房里的喊声。接着,沙里科夫号叫起来。

"我的上帝,又出事了!"菲利普·菲利波维奇喊着朝房门冲去。

"猫。"博尔缅塔尔立刻猜到,旋即,撒腿跑了出去。他们沿着走廊直奔前室,又从前室弯到通向厕所和浴室的走廊上。厨房里跑出季娜,正好撞上菲利普·菲利波维奇。

"我说过多少次,千万别让猫进来,"菲利普·菲利波维奇大发雷霆,"他在哪儿?!伊凡·阿诺尔多维奇,看在上帝分儿上,去候诊室对病人说一声,让他们别怕!"

"这该死的魔鬼在浴室里,浴室里。"季娜气喘吁吁地喊。

菲利普·菲利波维奇猛推浴室门,那门纹丝不动。

"马上开门!"

没有回答。落锁的浴室里有什么东西跳到墙上,脸盆跌落,沙里科夫粗野的嗓子在门后嘶哑地喊着：

"我这就揍死你……"

水管发出咕噜噜的响声，随后自来水哗哗地流起来。菲利普·菲利波维奇肩膀靠在门上，开始撞门。满头大汗的达里娅·彼得罗夫娜气歪了脸，出现在厨房门口。随后，浴室天花板下开向厨房的气窗玻璃破裂，从中飞出两块碎玻璃，接着掉下一只皮毛上有一圈圈虎纹，脖颈上像旧警察似的系着天蓝色领结的硕大公猫。它一头栽在桌上的鱼盆里，把鱼盆砸成直的两半，又从鱼盆跳到地上，支着三条腿原地转身，仿佛跳舞似的，抬起右腿，旋即钻进通向后楼梯的门缝。门缝扩大，公猫消失，露出一张包头巾的老太婆的丑脸。她白点花样的裙子飘进厨房。老太婆用食指和拇指擦擦瘪嘴，两只浮肿、尖利的眼睛环顾厨房，好奇地叹道：

"噢，上帝！"

脸色发白的菲利普·菲利波维奇走进厨房，厉声问老太婆：

"您有什么事？"

"我想看看会说话的狗。"老太婆赔着笑脸回答，一边画着十字。

菲利普·菲利波维奇脸色更白了，他逼近老太婆，低声然而吓人地说：

"马上从厨房里滚出去！"

老太婆退到门口，满脸委屈，说：

"您凶什么呀，教授先生。"

"滚，我说！"菲利普·菲利波维奇又说，两眼瞪得溜圆，仿佛猫头鹰。老太婆刚一出去，他便亲手碰上后门。"达里娅·彼得罗夫娜，我对您说过，别让外人进来！"

"菲利普·菲利波维奇，"达里娅·彼得罗

夫娜绝望地回答,两只裸露的手捏成两只拳头,"我有什么办法?整天都有人往这儿钻,扔了活儿也拦不住。"

浴室里哗哗的流水声低沉而又可怕,但没有沙里科夫的声音。这时,博尔缅塔尔大夫来了。

"伊凡·阿诺尔多维奇,我请您……嗯……那儿有多少病人?"

"十一位。"博尔缅塔尔回答。

"让他们回去,今天我不看了。"

菲利普·菲利波维奇弯起手指,在门上敲了几下,喊道:

"请马上出来!您干吗锁门?"

"哎——哎!"沙里科夫的声音哀怨地回答。

"见鬼!……我听不见,拧上水龙头。"

"汪!汪!……"

"拧上水龙头!他干什么啦,莫名其妙……"

狂怒的菲利普·菲利波维奇吼叫。

季娜和达里娅·彼得罗夫娜开了门,从厨房里探头张望。菲利普·菲利波维奇又用拳头在浴室门上狠狠捶了一下。

"他在这儿!"达里娅·彼得罗夫娜在厨房里喊。

菲利普·菲利波维奇冲进厨房。天花板下破碎的气窗里露出波利格拉夫·波利格拉福维奇的脑袋,随后,他把脑袋伸进厨房。脸扭歪了,两眼泪汪汪的,鼻子旁给抓了一道鲜红的口子。

"您疯啦?"菲利普·菲利波维奇问,"干吗不出来?"

沙里科夫自己也害怕,忧伤地回头看了看,回答:

"我把门锁碰上了。"

"把锁打开。怎么,您从没见过锁?"

"打不开,这该死的锁!"波利格拉夫惊慌地回答。

"我的爷!他把保险一起碰上了!"季娜两手一拍,叫起来。

"门锁上有个按钮!"菲利普·菲利波维奇大喊,尽量盖过水声,"您把按钮往下按……往下按!往下!"

沙里科夫消失,一分钟后重又出现在气窗里。

"啥也看不见。"他恐惧地在气窗里喊。

"开灯。这家伙吓坏了。"

"死猫把灯泡打碎了,"沙里科夫回答,"我想抓那浑蛋的腿,碰开了水龙头,这会儿找不到。"

三人全都两手一拍,呆住了。

过了大约五分钟,博尔缅塔尔、季娜和达里

娅·彼得罗夫娜并排坐在浴室门口卷成一卷的湿地毯上,屁股压紧地毯堵住门缝。门卫费奥多尔举着点燃的蜡烛——那是达里娅·彼得罗夫娜婚礼上的蜡烛——沿着木梯,朝气窗爬去。他穿灰色大方格裤子的屁股在空中一闪,消失在窟窿里。

"嘟……哎——哎!"透过哗哗的水声,沙里科夫不知在喊什么。

响起费奥多尔的声音:

"菲利普·菲利波维奇,反正得开门,让水流出去,我们可以吸干厨房里流出的水。"

"开门!"菲利普·菲利波维奇气呼呼地喊。

三人一起从地毯上站起来,浴室的门开了,水立刻涌到走廊上。水在这儿分成三股:一股笔直流向对门厕所;一股右拐,流向厨房;一股左拐,流向前室。季娜一蹦一跳地跑过去,关上通往前室的门。费奥多尔踩着齐踝的水从浴室里出来,莫名其妙地笑着。他像是穿着一身漆布衣服——浑身湿透。

"勉强堵住,压力真大。"他解释说。

"这家伙在哪儿?"菲利普·菲利波维奇问,边骂边抬起一条腿。

"不敢出来。"费奥多尔冷笑着说。

"要打我吗,老爹?"浴室里传出沙里科夫的哭声。

"笨蛋!"菲利普·菲利波维奇简短地回了一句。

季娜和达里娅·彼得罗夫娜把裙子挽到膝盖处,赤脚,沙里科夫和门卫同样赤脚,把裤腿卷得高高的,一起用湿抹布在厨房的地上吸水,把水拧进污水桶和水池。无人照看的炉子呼呼作响。水穿过房门流到回声很响的楼梯上,漫出栏杆,一直漏进地下室。

博尔缅塔尔踮着脚尖,站在前室淌水的地板上,通过稍稍打开,仍用铁链锁着的门和外面说话。

"今天不看了,教授不舒服。请朝后退一退,我们的水管裂了……"

"那得什么时候看?"门外的声音坚持着,"我只要一分钟……"

"不行,"博尔缅塔尔改用鞋跟着地,"教授躺在床上,水管裂了。请明天来。季娜!亲爱的!先来这儿擦,要不水流到正门楼梯上去了。"

"抹布不顶用。"

"我们这就用茶缸舀,"费奥多尔应声说,"这就用茶缸舀。"

门铃声一次接着一次,博尔缅塔尔的鞋已经全部浸在水里。

"那什么时候手术?"门外的人缠着不放,还想把头伸进门缝。

"水管裂了……"

"我可以穿套鞋……"

青色的人影不断出现在门外。

"不行,请明天来。"

"我是预约的。"

"明天吧。水管裂了,里面全是水。"

费奥多尔忙不迭地在教授脚边用茶缸舀水。破相的沙里科夫另想办法。他把一块大抹布卷成一卷,身体趴在水里,用抹布把水从前室推回厕所。

"你干什么,鬼东西,要让所有的房间都进水?"达里娅·彼得罗夫娜气呼呼地说,"把水拧到水池里去。"

"还拧到水池里去,"沙里科夫回答,两手划着混浊的水,"都流到大门口了。"

从走廊里吱吱地推出一张长椅。菲利普·菲利波维奇穿着蓝条子短袜,摇摇晃晃地站直了。

"伊凡·阿诺尔多维奇,别回答了。您去卧室休息一下,我把鞋给您。"

"没关系,菲利普·菲利波维奇,您别在意。"

"您得穿上套鞋。"

"没关系,反正脚已经湿了。"

"哎呀,我的上帝!"菲利普·菲利波维奇很是过意不去。

"这家伙太坏!"沙里科夫突然应声说。他蹲着出来,手里拿着一只汤碗。

博尔缅塔尔碰上门,忍不住笑了。菲利普·菲利波维奇的鼻翼鼓起,眼睛闪出光亮。

"您说谁?"他居高临下地问沙里科夫,"请问。"

"我说猫。简直坏透了。"沙里科夫回答,眼睛滴溜溜乱转。

"我说,沙里科夫,"菲利普·菲利波维奇喘了口气说,"我还从没见过比您更无耻的家伙。"

博尔缅塔尔嘻嘻一笑。

"您简直是无赖,"菲利普·菲利波维奇继续说,"您怎么敢说这种话?都是您干的,可您居然……不!鬼知道这算什么!"

"沙里科夫,您倒说说,"博尔缅塔尔插话,"您抓猫还要抓多久?真不害臊!要知道,这不成体统!野人!"

"我怎么是野人?"沙里科夫板着脸说,"我根本不是野人。猫待在屋里,叫人受不了,东钻西跑,偷吃东西。达里娅做的馅儿,就是让它报销了。我想教训教训它。"

"该教训的是您自己!"菲利普·菲利波维

奇回答,"您到镜子前照照您那副尊容。"

"险些把我眼睛抓瞎了。"沙里科夫阴沉地说,举起一只又脏又湿的手摸摸眼睛。

被水泡得发黑的镶木地板有点干了,所有的镜子都像浴室里似的蒙上一层水汽。门铃声停止。菲利普·菲利波维奇穿着大红的山羊皮便鞋站在前室里。

"这是您的工钱,费奥多尔。"

"太谢谢了。"

"您这就去换一身衣服。对,再上达里娅·彼得罗夫娜那儿喝点伏特加。"

"太谢谢了,"费奥多尔犹豫了一下,随后说,"还有件事,菲利普·菲利波维奇。我很抱歉,说起来怪不好意思的。得赔七号里一块玻璃……沙里科夫公民扔的石头……"

"打猫?"菲利普·菲利波维奇问,脸上顿时起了愁云。

"哪里,打七号里当家的。他已经说了,要去法院控告。"

"见鬼!"

"沙里科夫抱住他家的厨娘不放,当家的赶他走。喏,两人吵架了。"

"看在上帝的分儿上,以后再有这种事,请您马上告诉我!得多少钱?"

"一个半卢布。"

菲利普·菲利波维奇掏出三个锃亮的半卢布硬币,交给费奥多尔。

"还赔那坏蛋一个半卢布,"门口传来沙里科夫喑哑的声音,"他自个儿……"

菲利普·菲利波维奇转过身,咬紧嘴唇,默默抓住沙里科夫,一直把他推进候诊室,用钥匙锁了门。沙里科夫立即抡起拳头打门。

"不许打门!"菲利普·菲利波维奇有气无力地喊。

"咳,说真的,"费奥多尔意味深长地说,"这种无赖,我一辈子都没见过。"

博尔缅塔尔像从地底下钻出来似的。

"菲利普·菲利波维奇,请别激动。"

精力充沛的医生打开候诊室的门,旋即从那儿传来他的声音:

"您怎么?在小酒店里?"

"就该这样……"费奥多尔果断地说,"就该这样……再打他两个耳光……"

"瞧您说的,费奥多尔,"菲利普·菲利波维奇忧伤地嘟哝一句。

"那还不是,您太遭罪,菲利普·菲利波维奇。"

7

"不行,绝对不行!"博尔缅塔尔坚持说,"请戴上餐巾。"

"哎,那有什么,真的。"沙里科夫不满地嘟哝。

"谢谢您,大夫,"菲利普·菲利波维奇亲切地说,"我都厌烦管他了。"

"不戴,别想用餐。季娜,收掉沙里科夫的冷菜。"

"怎么可以'收掉'?"沙里科夫急了,"我这就戴上。"

他左手护着盘子,不让季娜端走,右手把餐巾胡乱塞进衣领,模样像是理发店的顾客。

"请用叉子。"博尔缅塔尔又说。

沙里科夫长长叹了口气,无奈地用叉子去叉浇上浓汁的鱼块。

"我能喝点伏特加吗?"他似问非问地说。

"您还没喝够?"博尔缅塔尔问,"近来您伏特加喝得够多的。"

"您舍不得?"沙里科夫反唇相讥,厌恶地白了一眼。

"**蠢话**……"严厉的菲利普·菲利波维奇说,但博尔缅塔尔打断了他。

"不用费心,菲利普·菲利波维奇,我自己来。您这是胡说,沙里科夫,特别是您武断和狂妄的口气太不像话。我当然不是舍不得伏特加,何况,这伏特加不是我的,是菲利普·菲利波维奇的。无非多喝没好处,这是一;第二,您不喝伏特加,都够胡闹的。"

博尔缅塔尔指了指糊了纸条的餐橱。

"季娜,请再给我来点鱼。"教授说。

沙里科夫乘机拿起长颈酒瓶,斜了一眼博尔缅塔尔,给自己倒了杯酒。

"倒酒得给别人一起倒上,"博尔缅塔尔说,"应当这样:先给菲利普·菲利波维奇倒上,然后给我,最后才轮到你自己。"

一丝嘲笑不易察觉地掠过沙里科夫的嘴唇。他给两人分别倒了杯酒。

"你们呀,干什么都讲究礼节,"他说,"餐巾得那样戴,领带得这样结,又是'对不起',又是'请''谢谢'。一点不实惠。自己折磨自己,跟沙皇时代一样。"

"那么'实惠'又怎么着？请问。"

沙里科夫没回答菲利普·菲利波维奇的问题，举起酒杯说：

"祝你们万事如意。"

"也祝您万事如意。"博尔缅塔尔不无嘲讽地回答。

沙里科夫一仰脖子，把酒灌进喉咙，皱了皱眉头，又拿起一小块面包用鼻子闻了闻，没怎么嚼，便咽下了，两眼充满泪水。

"够老练的。"菲利普·菲利波维奇突然断断续续地说，像在沉思。

博尔缅塔尔诧异地瞟了教授一眼。

"抱歉……"

"够老练的！"菲利普·菲利波维奇重复，痛苦地摇摇头，"有什么办法，就是克里姆。"

博尔缅塔尔怀着极大的兴趣，盯着菲利

普·菲利波维奇的眼睛问。

"您这样想,菲利普·菲利波维奇?"

"没什么可想的。我坚信这一点。"

"难道……"博尔缅塔尔话到嘴边又咽下去,朝沙里科夫斜了一眼。

沙里科夫疑心地皱着眉头。

"Später[1]……"菲利普·菲利波维奇轻轻说。

"Gut[2]."助手回答。

季娜端来火鸡。博尔缅塔尔给菲利普·菲利波维奇斟了杯红葡萄酒,然后,想给沙里科夫斟一杯。

"我不要。我最好再喝点伏特加。"他的脸泛出油光,额头冒汗,心情开朗起来。菲利普·菲利波维奇喝过葡萄酒,也稍稍随和了些。他的眼

---

1 德语,意为"以后再说"。
2 德语,意为"好"。

睛闪耀着愉悦的光,不时比较客气地望望沙里科夫——他围着餐巾的黑脑袋活像落在奶油上的苍蝇。

博尔缅塔尔一杯下肚,反倒希望干点什么,活动活动身体。

"哎,我们两个今天晚上做什么?"他问沙里科夫。

沙里科夫眨巴了一阵眼睛,回答:

"看马戏,最好。"

"天天看马戏,我想,够无聊的,"菲利普·菲利波维奇和颜悦色地说,"要是换了我,宁愿上剧院看戏。"

"看戏我不去。"沙里科夫反感地说,两手捂住嘴巴打了个饱嗝。

"餐桌上打嗝,影响别人食欲,"博尔缅塔尔机械地表示,"请原谅……说实在的,为什么您不喜欢看戏?"

沙里科夫像看望远镜似的看了看空酒杯,想了想,噘起嘴唇说:

"装腔作势……老是说呀,说呀……说的还全是反动话。"

菲利普·菲利波维奇仰身靠在哥特式椅背上,哈哈大笑,露出闪光的金牙。博尔缅塔尔只是摇头。

"您应当读点书,"他提议说,"要不,您看……"

"我本来就在读,一直在读……"沙里科夫回答,突然凶猛、迅速地又给自己倒了半杯伏特加。

"季娜,"菲利普·菲利波维奇焦急地喊,"请把酒端走,亲爱的。我们不喝了。您读哪些书?"

他的脑际突然闪过一幅图画:荒无人烟的孤岛,棕榈树,一个披兽皮、戴尖顶帽的人。"准是《鲁滨逊漂流记》……"

"这书……叫什么来着……恩格斯和这个……叫什么来着,鬼东西……和考茨基的通信。"

博尔缅塔尔叉着一块白肉的叉子,在半空中停住,菲利普·菲利波维奇杯子里的酒洒了出来。沙里科夫乘这当儿一口喝掉伏特加。

菲利普·菲利波维奇两肘支在餐桌上,直勾勾望着沙里科夫:

"请问,您读后有什么感想?"

沙里科夫两肩一耸:

"我不同意。"

"不同意谁?恩格斯,还是考茨基?"

"两个都不同意。"沙里科夫回答。

"这太妙,我敢发誓。'谁说人家的姑娘比得上你,这样的家伙……'[1]那您说怎么办?"

"这有什么可说的?……两人没完没了地写信……还开什么大会,一帮德国人……头都胀了。把东西拿来,平均分分就妥了……"

"我就知道是这样,"菲利普·菲利波维奇大声说,手在台布上敲了一下,"早就料到了。"

"那您肯定知道该怎么分?"博尔缅塔尔颇有兴趣地问。

"什么怎么分,"沙里科夫喝过伏特加,话多起来,"问题不复杂。要不,怎么行:一个人住七个房间,有四十条裤子;另一个人呢,连个住的地方都没有,尽在垃圾箱里捡东西吃。"

"您说一个人住七个房间,当然是指我?"菲

---

[1] 出自《塞维利亚的理发师》。

利普·菲利波维奇问,高傲地眯起眼睛。

沙里科夫缩成一团,没敢吭声。

"那好,我不反对大家平分。大夫,昨天您回绝了几位病人?"

"三十九位。"博尔缅塔尔立即回答。

"嗯……一共三百九十卢布。损失由三个男人承担,女人——季娜和达里娅·彼得罗夫娜,我们不算。您,沙里科夫,应当付一百三十卢布。请付钱。"

"想得倒美,"沙里科夫吓一跳,"干吗得我付钱?"

"您弄坏水龙头,抓猫。"菲利普·菲利波维奇突然吼道,再也无法保持嘲讽和平静的心态。

"菲利普·菲利波维奇!"博尔缅塔尔惊恐地喊了一声。

"别打断我。因为您胡闹,弄得我没法门诊。

这种事谁也受不了。只有野人才在屋里蹦来跳去，弄坏水龙头。谁打死了波拉苏赫尔太太的猫？谁？……"

"前天在楼梯上，您，沙里科夫，还咬了那位太太。"博尔缅塔尔责备说。

"您还处在……"菲利普·菲利波维奇大发雷霆。

"她打我嘴巴，"沙里科夫振振有词地尖叫，"我嘴巴可不是公家的，随便让人打！"

"因为您在她胸脯上捏了一把，"博尔缅塔尔喊道，碰翻了酒杯，"您还处在……"

"您还处在最低级的发展阶段，"菲利普·菲利波维奇的声音盖过大夫，"不过是个初具人形、智力低下的生物。您所有的行为都是野兽的行为，而您居然在两个受过高等教育的人面前放肆，愚蠢地胡扯什么把一切平均分分……同时,又在偷吃牙粉……"

"前天。"博尔缅塔尔证明。

"所以,"菲利普·菲利波维奇吼道,"您得记住——顺便说一句,您干吗擦掉鼻子上的药膏?……您应当闭嘴,听听人家对您说什么,尽量学习,做个社会多少可以接受的成员。顺便再说一句,是哪个浑蛋给您这本书的?"

"所有的人到您嘴里都成了浑蛋。"沙里科夫惶恐地回答。两人轮番攻击轰得他晕头转向。

"不说我也能猜到。"菲利普·菲利波维奇涨红了脸,恶狠狠地吼道。

"这,这有什么不好说的,施翁德尔给的。他可不是浑蛋……提高我的觉悟……"

"我看到了,读考茨基,您是怎么提高觉悟的。"菲利普·菲利波维奇尖叫,脸都黄了。这时,他猛地按响墙上的电铃。"今天的事再好不过地证明了这一点。季娜!"

"季娜!"博尔缅塔尔喊。

"季娜!"惊恐的沙里科夫也喊。

季娜跑来了,脸色惨白。

"季娜,候诊室……这书在候诊室?"

"在候诊室,"沙里科夫服帖地回答,"绿皮的,像绿矾那种颜色。"

"有本绿封面的书……"

"呵,又是马上烧掉,"沙里科夫绝望地喊,"这书是公家的,从图书馆借的!"

"书名叫什么来着……恩格斯和这个家伙……的通信。把它扔炉子里去!"

季娜飞一样走了。

"我要吊死这个施翁德尔,真的,有根树枝就吊,"菲利普·菲利波维奇大声说,气呼呼地吃着火鸡鸡翅,"公寓里住了这个无赖,就像脓疮。他在报上造了各种无聊的谣言不算……"

沙里科夫一横一横地向教授投来凶恶和嘲讽的目光。菲利普·菲利波维奇同样朝他斜了一眼,住口了。

"嘿,这屋里非出事不可。"博尔缅塔尔突然有了预感。

季娜用圆盘端来一只右面棕红、左面绯红的圆柱面包和一壶咖啡。

"我不吃面包。"沙里科夫不快地威胁说。

"没人请您吃。您放规矩点。大夫,请。"

在一片沉默中,晚餐结束。

沙里科夫从口袋里掏出一支揉皱的烟,吸起来。菲利普·菲利波维奇喝过咖啡,看了看表,按下报时的按钮,表悦耳地报出八点一刻。菲利普·菲利波维奇按例往后一仰,靠在哥特式椅背上,随手从旁边小桌上拿起一份报纸。

"大夫,劳驾您陪他去看场马戏。不过,看在上帝分上,请先看看广告,演出的节目里有没有猫?"

"怎么会让这种混账东西进马戏团?"沙里科夫板着脸,摇了摇头。

"什么东西都能进马戏团,"菲利普·菲利波维奇话中有话地说,"那儿演什么?"

"所罗门马戏团,"博尔缅塔尔念道,"四个节目……尤谢姆斯和空中飞人。"

"尤谢姆斯是什么?"菲利普·菲利波维奇怀疑地问。

"上帝知道。第一次看到节目有这么叫的。"

"那您最好看看尼基塔马戏团的广告。一定得弄清所有节目。"

"尼基塔马戏团……尼基塔马戏团……嗯,大象表演,蹦床。"

"可以。您觉得大象怎样,亲爱的沙里科夫?"菲利普·菲利波维奇不大放心地问。

沙里科夫生气了。

"怎么,我不懂,是吗?猫是另一码事。大象是有益动物。"沙里科夫回答。

"那好。既然是有益动物,那就去看看。得听伊凡·阿诺尔多维奇的话。不准在小吃部跟任何人聊天!伊凡·阿诺尔多维奇,请您千万别给沙里科夫喝啤酒。"

十分钟后,伊凡·阿诺尔多维奇和沙里科夫(他戴顶鸭舌帽,穿一件竖领厚呢大衣)去看马戏了。屋里静了。菲利普·菲利波维奇走进自己诊室。他开亮厚实的绿色灯罩的台灯,宽敞的诊室立刻变得十分安宁,随后他在房里慢慢踱步。雪茄烟头久久亮着浅绿的光。教授两手插进裤袋。沉重的思虑弄皱了他光洁的学者前额。

他时而咂嘴,时而哼哼"驶向尼罗河神圣的堤岸……",时而自言自语。终于,他把雪茄扔进烟灰缸,走到一口玻璃柜前。旋即,天花板上三盏大灯把整个诊室照得雪亮。菲利普·菲利波维奇从柜子第三层玻璃架上取下一只细长的玻璃罐,双眉紧蹙,对着灯光仔细打量。透明然而难闻的药水里,浮着一个不沉的小小白色球体。这是从沙里科夫脑髓深处切除的垂体。菲利普·菲利波维奇耸肩,撇嘴,嘿嘿冷笑,眼睛死死盯住玻璃罐中的脑垂体,似乎想从这个不沉的白色球体中,窥出把普列奇斯坚卡寓所的生活搅得底朝天的起因。

很可能,这位智力超群的学者窥出了问题的奥秘。至少,把脑垂体看够后,他重又把玻璃罐藏回原处,锁了柜子。他把钥匙放进坎肩口袋,拱背缩肩,两手一直伸到衣袋底部,颓然坐到皮沙发上。他又点燃一支雪茄，久久吸着，把叼在口中的一端完全嚼烂。最后，映照在台灯绿色灯光中的教授，仿佛白发苍苍的浮士德，独自高声说：

"真的，我好像拿定主意了。"

没人回答他的沉思。寓所里静悄悄的。谁都知道，奥布霍夫巷到了夜里十一点，不再有车辆来往。只是偶尔可以听到远处迟归的行人的脚步声。脚步声隔着窗帘，在什么地方笃笃地响了一阵，复又消失。诊室里，菲利普·菲利波维奇衣袋内的怀表，在他手指下悦耳地报着时间。教授急不可耐地等着博尔缅塔尔和沙里科夫从马戏团回来。

8

没人知道,菲利普·菲利波维奇拿定了什么主意。反正,在以后的一星期中,他没有采取任何特殊措施,也许正因为他的无为,寓所的生活充满烦恼。

漏水和抓猫的事件后,过了大约六天,公寓管委会穿得像小伙子的女人来找沙里科夫,交给他几份证件。沙里科夫立即把证件塞进衣袋,随即唤了一声博尔缅塔尔大夫。

"博尔缅塔尔!"

"不行,请您叫我名字和父称!"博尔缅塔尔变脸说。

应当说明,在这六天内,大夫和不服管教的沙里科夫吵过八次。奥布霍夫巷的这套寓所里气氛沉闷。

"那也请您叫我名字和父称!"沙里科夫理直气壮地宣布。

"不行!"菲利普·菲利波维奇在门口吼道。"您这种名字和父称在我家里不许叫。要是您不愿意别人随便叫您沙里科夫,我和博尔缅塔尔可以叫您沙里科夫先生。"

"我不是先生,先生们全在巴黎!"沙里科夫狗叫似的说。

"都是施翁德尔教的!"菲利普·菲利波维奇叹道,"好吧,我会和这个浑蛋算账的。只要我住在这儿,除了先生,什么人都不许待在我家里!否则,不是我搬,便是您搬,说准确点儿,是您搬。今天我就在报上登个启事,请您相信,我一定另外给您找个房间。"

"哎,我才不傻呢,搬外面去住。"沙里科夫干脆回答。

"什么?"菲利普·菲利波维奇问,气得脸色大变。博尔缅塔尔赶紧过来,温存而又不安地抓住他的衣袖。

"您得注意,别耍无赖,沙里科夫先生!"博尔缅塔尔扯着嗓门喊。沙里科夫退后一步,从衣袋里掏出三份证件:绿的、黄的和白的。他指指证件说:

"瞧,我是住宅合作社成员。我在普列奥布拉任斯基承租的5号里有权享用十一平方米的面积,"沙里科夫想了想,又添了一句,"请对我客气点。"博尔缅塔尔把这句话当作新现象,机械地记在脑海里。

菲利普·菲利波维奇咬住嘴唇,从牙缝里挤出句没遮没盖的话:

"我发誓,我总有一天毙了这个施翁德尔。"

沙里科夫非常注意,十分敏感地把这句话听进去了,这从他的眼神里看得清清楚楚。

"菲利普·菲利波维奇,vorsichtig[1]……"博尔缅塔尔提醒说。

"嘿,好哇……居然这么卑鄙!"菲利普·菲利波维奇吼叫,"请您注意,沙里科夫……先生,要是您再胡闹,我就停了您的伙食,并且从今以后,不准您在我家里用餐。十一平方米的面积——这太好了。但我没有义务凭您这张蛤蟆色的证件,给您用餐!"

---

[1] 德语,意为"小心"。——原注

这下沙里科夫吓傻了，半张着嘴。

"不用餐不行，"他喃喃说，"让我去哪儿用餐？"

"那您放规矩点！"两个医生不约而同地宣布。

沙里科夫太平多了，那天他没再惹祸，除了一件自作自受的小事以外：他趁博尔缅塔尔稍稍离开的机会，拿起医生的剃刀刮脸，在颧骨上拉了一个大口子，闹得菲利普·菲利波维奇和博尔缅塔尔不得不给他缝了几针。沙里科夫久久哀号着，流了不少泪。

第二天深夜，在教授诊室一片昏暗的绿色灯光中，坐着两个人：菲利普·菲利波维奇和对他推崇备至、忠心耿耿的博尔缅塔尔。其他人都已睡了。菲利普·菲利波维奇穿着天蓝色睡衣，脚上一双红色便鞋，博尔缅塔尔穿着衬衫，背蓝色背带。两位医生间的圆桌上,在一本满满的相册边上,放着一瓶白兰地,一小碟柠檬和一盒雪茄。两位学者抽得满室烟雾,恼火地讨论着刚才发生的事情:当天晚上,沙里科夫在菲利普·菲利波维奇的诊室里,偷了吸墨器下两张十卢布票子,从家里溜了,直到很晚才醉醺醺地回来。这还不算,和他一起来的还有两个陌生人,他们在正门楼梯上嚷嚷,说是要在沙里科夫家借住一夜。披着皮大衣、里面只有内衣的费奥多尔看到这场面,忙给四十五警察分局打电话,两个陌生人这才离开。费奥多尔刚挂上电话,两人转眼已经不知去向。他们走后,发现前厅里有几件东西没了:镜台上一只孔雀石的烟灰缸,菲利普·菲利波维奇的一顶海狸皮帽子和一根手杖,手杖上刻有泥金花字"敬爱的菲利普·菲利波维奇留念,衷心感谢您的住院医师们敬赠……",下面的日期是罗马字XXV。

"这两人是干什么的?"菲利普·菲利波维奇握着双拳,责问沙里科夫。

沙里科夫站不稳,靠在墙上挂着的皮大衣上,嘟哝说,他不知道这两人是干什么的,不过他们不是什么狗崽子,是好人。

"奇怪,这两人也喝醉了……怎么干得这样利落?"菲利普·菲利波维奇望着放过礼品手杖的架子,深感诧异。

"老手。"费奥多尔解释,衣袋里装着教授赏他的一卢布,回去睡了。

沙里科夫坚决否认他拿过两张十卢布票子,嘟嘟哝哝暗示,家里不是只有他一人。

"呵,也许,这钱是博尔缅塔尔大夫偷的?"菲利普·菲利波维奇用轻轻的,然而吓人的声音问。

沙里科夫晃了一下，睁开蒙眬的醉眼，说了自己的猜想：

"也许是季卡拿的……"

"什么？……"季娜大叫，仿佛幽灵似的出现在门口，用手在胸口上按着没扣纽扣的上衣，"他怎么可以……"

菲利普·菲利波维奇的脖子涨得通红。

"放心，季娜，"他说着朝季娜摆摆手，"别激动，我们一定解决这事。"

季娜当即大哭，搭在锁骨上的手颤动着。

"季娜，您怎么好意思哭？谁会怀疑您？哎，真丢人！"博尔缅塔尔不知所措地说。

"季娜，你真是傻瓜，愿上帝饶恕我。"菲利普·菲利波维奇刚说了一句……

不料，季娜的哭声突然停了，大家不再说话。只见沙里科夫一副痛苦状，头撞在墙上，嘴里不住呻吟,发出一串仿佛"唉唉唉"的古怪声音。他脸色苍白,下颌打战。

"给这个浑蛋从检查室拿只桶来!"

大家赶紧照料喝醉的沙里科夫。博尔缅塔尔扶他去睡觉,他一面摇摇晃晃走着,一面轻浮而又费劲地骂着脏话。

所有这一切发生在午夜一点左右,现在已经三点。但是对坐在诊室里的两人,因为边呡柠檬边喝白兰地,依然精神十足。他们一支接一支地抽烟,烟雾层层叠叠,在诊室里缓慢而又滞重地移动。

博尔缅塔尔大夫脸色苍白,眼睛闪着坚毅的光,举起一只杯脚仿佛蜻蜓腰似的酒杯。

"菲利普·菲利波维奇,"他动情地说,"我永远不会忘记,当初我这个穷大学生见到您的情景。您收留了我,让我在您的教研室工作。请您相信,菲利普·菲利波维奇,您对我的恩情,远远超过一位教授,一位导师……我无比尊敬您……请允许我吻您,亲爱的菲利普·菲利波维奇。"

"行,我亲爱的……"菲利普·菲利波维奇尴尬地应了一声,迎着大夫站起来。博尔缅塔尔拥抱他,在他毛茸茸的、散发着浓重烟味的胡子上吻了一下。

"真的,菲利普·菲利……"

"我太感动,太感动……谢谢您,"菲利普·菲利波维奇说,"亲爱的,手术时我常常对您大喊大叫,您得原谅我这老头的火暴脾气。其实,您也知道,我很孤独……'从塞维利亚到格林纳达'……"

"菲利普·菲利波维奇,您说到哪里去了?"热情的博尔缅塔尔真心诚意地说,"如果您不想气我,就别这样对我说话……"

"嗯,谢谢您……'驶向尼罗河神圣的堤岸……'谢谢……我也喜欢您,您是个有才华的医生。"

"菲利普·菲利波维奇,我告诉您!……"博尔缅塔尔激动地说,旋即跑到门口,把通走廊的门关严,回来后低声继续道,"您要知道,这是唯一的出路。我当然不敢给您出什么主意。但是,菲利普·菲利波维奇,您去照照镜子,您已经累坏了。再这样下去,没法工作!"

"根本没法工作。"菲利普·菲利波维奇叹了口气,肯定说。

"就是,这简直是罪过,"博尔缅塔尔悄悄说,"上次您说怕连累我,可您知道,亲爱的教授,这话我听了有多感动。我不是孩子,自己明白,闹不好可能闯祸。但我坚信,没别的出路。"

菲利普·菲利波维奇站起来,朝他连连摇手,大声说:

"别引诱我,别再说了,"教授开始在诊室里踱步,推动烟雾的波浪,"我听都不想听。您得明白,要是把我们逮住了,那会怎样。'考虑到该犯出身'这一条对我们不适用,尽管只是初犯。您的出身不符合宽大条件吧,我亲爱的?"

"符合个鬼!我父亲是维尔诺[1]法院的侦查员。"博尔缅塔尔忧伤地回答,喝掉剩下的白兰地。

"您瞧,够糟的。这是恶劣的遗传。比这更糟的罪名甚至想不出来。不过,说来见笑,我的出身更糟。父亲是主教堂的大司祭。谢谢。'从塞维利亚到格林纳达……在夜晚宁静的暮色里……'

---

[1] 即现在立陶宛共和国首府维尔纽斯。维尔诺为旧称。

嘿，见鬼。"

"菲利普·菲利波维奇，您是世界名人，为了这么个，请原谅我说句粗话，这么个狗崽子……难道他们会来动您？没有的事！"

"所以我更不能走这一步。"菲利普·菲利波维奇深思熟虑地反对，一面收住脚步，打量着靠墙的玻璃柜。

"为什么？"

"因为您不是世界名人。"

"我哪说得上……"

"这不行啦。一有灾难就把同事甩了，自己靠世界名人的牌子脱身，对不起……我受过莫斯科的高等教育，不是沙里科夫。"

菲利普·菲利波维奇高傲地耸起肩膀，俨然一副法国古代君王的架势。

"菲利普·菲利波维奇，咳……"博尔缅塔

尔忧伤地叹道，"那怎么办？您就等着，看什么时候能把这个流氓教出个人样来？"

菲利普·菲利波维奇一摆手，打断他的话，随后给自己斟了杯白兰地，喝了一大口，又拿起一片柠檬放进嘴里吮了吮，说：

"伊凡·阿诺尔多维奇，您看我是否多少懂点儿，这么说吧，人脑器官的解剖学和生理学，您怎么看？"

"菲利普·菲利波维奇，您在问什么？"博尔缅塔尔怀着莫大的敬意回答，两手一摊。

"好吧，不用假谦虚，我也认为，在这方面我在莫斯科不是排名最后的庸医。"

"我认为，您不仅在莫斯科，而且在伦敦，在牛津，都是首屈一指的名医！"博尔缅塔尔响亮地打断他。

"好吧，就算这样。那我告诉您，未来的博尔缅塔尔教授:这事谁也办不到。当然,您不用问。直接引用我的话好了,就说普列奥布拉任斯基说的,Finita[1]。克里姆!"菲利普·菲利波维奇突然郑重地喊道,玻璃柜立时响起嗡嗡的回声。"克里姆,"他重复一句,"我说,博尔缅塔尔,您是我这学派的第一个学生,另外,我今天完全相信您是我的朋友。所以,作为朋友,我可以告诉您一个秘密——当然,我知道您不会取笑我——老蠢驴普列奥布拉任斯基在这次手术上栽了,就像三年级学生。确实,我有所发现,您也知道,还是个轰动性的发现,"菲利普·菲利波维奇伤心地举起双手指着窗帘,显然,他指的是莫斯科,"但是请您注意,伊凡·阿诺尔多维奇,这个发现的唯一结果,是我们大家都让这个沙里科夫,

---

[1] 意大利语,表示"完了""所有的话全在这儿了"。

喏,骑到了这儿。"普列奥布拉任斯基拍了拍自己挺拔、容易瘫痪的后颈脖。"您别激动!要是有人让我趴下,"菲利普·菲利波维奇笑眯眯地继续,"用鞭子抽我一顿,我发誓,我愿意付他五十卢布!'从塞维利亚到格林纳达……'我真是见鬼……我做了整整五年,从一只只脑子里抠出垂体……您知道我做了多少工作,简直难以想象。可现在,请问这都是为了什么?为了能有一天,把一条可爱的狗变成一个可恶的流氓,让人见了,头发根根竖起。"

"确实少见!"

"完全同意您的意见。瞧,大夫,如果一个研究者不遵循自然规律摸索前进,而想强行解决问题、揭开秘密,那就请您尝尝沙里科夫的滋味,吃苦吧。"

"菲利普·菲利波维奇,要是移植斯宾诺莎[1]的脑子?"

"对!"菲利普·菲利波维奇高声说,"对!只要倒霉的狗不在我的手术刀下死了就行,您已经看到,这次手术是什么水平。总之,我菲利普·普列奥布拉任斯基一生从未做过比这更难的手术。当然,可以移植斯宾诺莎或者诸如此类的超人的垂体,用狗造出一个非凡的伟人。但何必呢?请问。您倒说说,干吗要人为地制造斯宾诺莎,既然普通的婆娘不定什么时候可以把他生下。罗蒙诺索夫的母亲就是在霍尔姆戈雷生下她大名鼎鼎的儿子!大夫,人类会自动考虑这个问题,为了进化,每年都坚持不懈地从千千万万废物中区分和创造出几十个杰出的天才,把地球装

---

[1] 斯宾诺莎(1632—1677),荷兰唯物主义哲学家。

扮得更漂亮。现在您该明白了,大夫,为什么我唾弃您在沙里科夫病史上做的结论。我的发现,真是见鬼,您把它当宝贝,其实一文不值……对,别争了,伊凡·阿诺尔多维奇,我已经全都明白。我从不轻易表态,这您非常清楚。从理论上说,这很有意思。那好!让生物学家高兴吧。莫斯科简直疯了……可实际是怎么回事?现在,在您面前的是什么人?"普列奥布拉任斯基指了指睡着沙里科夫的检查室。

"少有的浑蛋。"

"他到底是什么人?克里姆,克里姆,"教授喊道,"克里姆·丘贡金(博尔缅塔尔不由张开了嘴巴)。您瞧:两次前科,酗酒,'一切应该平分',帽子丢了,两张十卢布票子丢了(菲利普·菲利波维奇想起礼品手杖,气得满脸通红),流氓,猪……嘿,这根手杖我会找到的。总之,脑垂体是只黑箱,它决定这个人的面貌。这个人的!'从塞维利亚到格林纳达……'"菲利普·菲利波维奇恶狠狠地转着眼睛,大叫,"不是一般意义上的人的面貌。这是个小型的、独立的脑子。我根本不需要它,去它的。我研究的完全是另一个课题,是优生学,是改善人种。可您瞧,我在恢复人体青春问题上栽了。难道您以为我做实验是为了赚钱?我毕竟是科学家。"

"您是伟大的科学家,没错!"博尔缅塔尔说着,喝了口白兰地。他的眼睛顿时红了。

"两年前我在脑垂体中首次获得了性荷尔蒙,打这以后我就一直想做一次小小的实验。可结果呢?我的上帝!脑垂体中的这些荷尔蒙,噢,上帝……大夫,我看不到任何希望,说实在的,我都不知道该怎么办。"

博尔缅塔尔突然卷起袖子,两眼看着鼻

子说：

"那就这么办，亲爱的老师，既然您不愿意，我就一个人干，我给他吃砒霜。父亲当过法院侦查员又怎样？管它呢。反正说到底，这是您自己实验的结果。"

菲利普·菲利波维奇神色黯然，瘫坐在沙发里说：

"不，我不允许您这样做，亲爱的孩子。我六十岁了，可以给您一些忠告。任何时候都别犯罪，不管对谁。到老也要保持一双干净的手。"

"这怎么行，菲利普·菲利波维奇，要是这个施翁德尔继续对他施加影响，他会怎样？！我的上帝，我现在才明白，这个沙里科夫是什么东西！"

"呵！现在才明白？可我在手术后十天就明白了。所以，施翁德尔是最大的笨蛋。他不了解，沙里科夫不是对我,而是对他更可怕,更危险。他现在极力撺掇沙里科夫反对我,没想到要是有人也来这一手,撺掇沙里科夫反对他施翁德尔,他就完了。"

"那还不是!看他抓猫的狠劲就知道。这人长的是狗心。"

"噢,不,不,"菲利普·菲利波维奇拉长声音说,"这您可是大错特错,大夫,请看在上帝分上,别说狗的坏话。抓猫是暂时现象……这是懂不懂规矩的问题,两三个星期就会过去。请您相信,再过个把月,他就不会抓猫了。"

"为什么不是现在?"

"伊凡·阿诺尔多维奇,这是常识……您究竟在问什么?脑垂体不是悬在空中,它毕竟移植在狗脑上,您得让他有个驯化过程。现在沙里科夫表现出来的只是狗的残余习性。再说您得明白,抓猫在他所有的行为中还是最好的。您想想吧,问题的可怕在于他现在长的不是狗心,恰恰是人心。在自然界所有的心里,就数人心最坏!"

极度烦躁的博尔缅塔尔把精壮的大手握成两个拳头,动了动肩膀,坚决地说:

"当然。我得干掉他。"

"我禁止这样做!"菲利普·菲利波维奇断然回答。

"这怎么行……"

菲利普·菲利波维奇突然警觉,竖起一根手指。

"等等……我好像听到有脚步声。"

两人倾听,但走廊里悄无声息。

"幻觉。"菲利普·菲利波维奇说,随即改用德语激动地说开了。他的话里几次出现俄语词"刑事罪"。

"停。"博尔缅塔尔突然警觉,快步走到门后。门外的脚步声清清楚楚,正朝诊室走来。另外,还有骂骂咧咧的声音。博尔缅塔尔倏地拉开门。眼前的情景惊得他倒退一步。坐在沙发里的菲利普·菲利波维奇目瞪口呆。

走廊长方形的光影中,站着威武、恼火、只穿内衣的达里娅·彼得罗夫娜。她强壮而又近乎赤裸的身体,惊得医生和教授头晕目眩。达里娅·彼得罗夫娜有力的大手拽着什么东西,那"东西"想坐下,硬是不走,两只长黑毛的不大的脚,在镶木地板上挣扎。那"东西"自然是沙里科夫,他失魂落魄,仍带几分醉意,头发蓬乱,只穿一件衬衫。

魁梧、半裸的达里娅·彼得罗夫娜抖一袋土豆似的抖了抖沙里科夫,气呼呼地说:

"瞧瞧,教授先生,钻进我们房间的波利格

拉夫·波利格拉福维奇。我嫁过人,可季娜还是闺女。还好我醒了。"

说完这话,达里娅·彼得罗夫娜突然觉得害臊,她惊叫一声,两手捂着胸脯,逃了。

"达里娅·彼得罗夫娜,请您原谅,看在上帝分上。"菲利普·菲利波维奇回过神,满脸通红地望着她的背影喊道。

博尔缅塔尔把衬衫袖口卷高一些,径直朝沙里科夫逼去。菲利普·菲利波维奇看见他的眼神,慌了。

"您干什么,大夫!我禁止……"

博尔缅塔尔伸出右手,从后面抓住沙里科夫的领子,使劲一摇,衬衫前襟顿时裂开一道口子:

菲利普·菲利波维奇赶紧阻止,想从外科大夫健壮的手中拉出瘦小的沙里科夫。

"您没权打人!"被勒得半死的沙里科夫大叫,往地上赖,酒也吓醒了。

"大夫!"菲利普·菲利波维奇吼道。

博尔缅塔尔冷静了些,放了沙里科夫。沙里科夫当即呜咽起来。

"好吧,"博尔缅塔尔从牙缝中挤出话来,"明天再说。等他酒醒了,我再跟他算账。"

他把沙里科夫夹在腋下,带他去检查室睡觉。

沙里科夫还想踢脚,但脚不听使唤。

菲利普·菲利波维奇叉开两腿,天蓝色睡衣的前襟随着分开。他高举双手,抬起眼睛望着走廊天花板上的电灯,喃喃地说:

"瞧——瞧……"

9

博尔缅塔尔大夫想跟沙里科夫算账没算成。第二天一早,害怕"算账"的波利格拉夫·波利格拉福维奇便从家里溜了。博尔缅塔尔极火,骂自己是驴,没把大门钥匙藏好,喊着说,这是不可饶恕的错误,末了,咒沙里科夫给汽车撞死。菲利普·菲利波维奇坐在诊室里,两手抱头,手指埋进头发,无奈地说:

"想想都知道,街上会闹成什么样子……想想都知道,'从塞维利亚到格林纳达',我的上帝。"

"他也许在公寓管委会。"博尔缅塔尔暴跳如雷,跑了。

在公寓管委会里,他和施翁德尔狠狠吵了一架。施翁德尔坐到桌旁,立即写了起诉书,打算递交哈莫夫尼奇区人民法院。他边写边喊,说他不是普列奥布拉任斯基教授养子的看守。再说,这个养子波利格拉夫是坏蛋,昨天装着去合作社买教科书,从公寓管委会骗走了七卢布。

费奥多尔拿了三卢布赏钱,从上到下把整幢公寓都找了一遍。哪儿也没有沙里科夫的踪迹。

弄清楚的只有一点:沙里科夫是清早戴着帽子、围巾,穿着大衣走的,从餐橱里拿了一瓶花楸露酒,还拿了博尔缅塔尔大夫的手套和自己所有的证件。达里娅·彼得罗夫娜和季娜毫不掩饰自己的兴奋和快慰,她们希望沙里科夫别再回来。这才想起沙里科夫昨天还问达里娅·彼得罗夫娜借了三卢布五十戈比。

"您这是活该!"菲利普·菲利波维奇挥着两只拳头吼道。这天,电话铃响了整整一天,第二天也一样。两位医生接待了数量可观的病人。到第三天,报告警察局的问题已经不能再拖——警察局应当在莫斯科乱哄哄的人群里找到沙里科夫。

刚说到警察局,奥布霍夫巷威严的寂静就被卡车的吼声打破了,公寓的玻璃窗猛地震了一下。随后响起信心十足的门铃声,转眼间,波利格拉夫·波利格拉福维奇趾高气扬地走了进来。他默默摘下帽子,把大衣挂到衣架上,露出一身新装:上面一件二手皮夹克,下面是旧皮裤,脚蹬英国式高筒靴,鞋带系到膝盖下。一股异常腥臭的猫的气味立时弥漫了整个前室。普列奥布拉任斯基和博尔缅塔尔仿佛听从口令似的,一起用交叉的双手按住胸口,僵在门框旁,等待波利格拉夫·波利格拉福维奇开口。波利格拉夫捋了捋粗硬的头发,干咳一声,朝四周扫了一眼,显然想用放肆掩盖内心的窘迫。

"菲利普·菲利波维奇,"他终于开口说,"我当官了。"

两位医生同时干巴巴地从喉咙里"呵"了一声,身体稍稍动了动。普列奥布拉任斯基首先镇静下来,伸出一只手说:

"出示证件。"

一份打字机打的证件:"兹证明波利格拉夫·波利格拉福维奇·沙里科夫同志确系莫斯科公用事业局清除无主动物(野猫之类)科科长。"

"是这样,"菲利普·菲利波维奇沉重地说,

"谁把您弄进去的？哎，其实，我猜也猜得到。"

"嗯，不错，施翁德尔。"沙里科夫回答。

"请问您身上怎么有股臭味？"

沙里科夫不安地嗅嗅身上的皮夹克。

"嗯，对，有股臭味……这还不清楚，职业。昨天掐猫，掐猫……"

菲利普·菲利波维奇一怔，看了看博尔缅塔尔。大夫的眼睛犹如两个乌黑的枪口，对着沙里科夫。他没说话，走到沙里科夫面前，轻松却又坚决地一把掐住后者的咽喉。

"救命！"沙里科夫尖叫，脸都白了。

"大夫！"

"我不会干蠢事的，菲利普·菲利波维奇，不用担心。"博尔缅塔尔坚定地回答，随即喊道："季娜！达里娅·彼得罗夫娜！"

两人应声来到前室。

"听着,跟我说,"博尔缅塔尔说,掐住沙里科夫脖子,往皮大衣上一推,"请原谅我……"

"嗯,好,我说……"完全处于劣势的沙里科夫扯着沙哑的嗓子回答。突然他吸口气,挣扎着想喊"救命",但没喊出声,他的头完全陷进了皮大衣里。

"大夫,我求您。"

沙里科夫频频点头,表示他屈服了,愿意重复博尔缅塔尔的话。

"……请原谅我,尊敬的达里娅·彼得罗夫娜和季娜伊达……"

"普罗科菲耶夫娜。"季娜惊慌地小声说。

"噢,普罗科菲耶夫娜……"声音嘶哑的沙里科夫喘着气重复,"那天我……"

"喝醉了,夜里干了坏事。"

"喝醉了……"

"以后再也不敢了……"

"再也不敢……"

"放了,放了他,伊凡·阿诺尔多维奇,"两个女人同时求情,"您快把他掐死了。"

博尔缅塔尔放开沙里科夫,问:

"卡车在等您?"

"不,"波利格拉夫恭敬地回答,"车子送我到这儿就没事了。"

"季娜,去说一声,放车子走。现在您听仔细了:您又回到了菲利普·菲利波维奇家里,是吗?"

"我还能去哪儿?"沙里科夫怯生生地回答,眼睛转来转去。

"很好。您得老实、规矩。要不,再干坏事,我就跟您算账。明白了?"

"明白了。"沙里科夫回答。

对沙里科夫施加暴力时,菲利普·菲利波维奇始终保持沉默。他可怜地佝偻着站在门框旁,啃手指甲,两眼望着镶木地板。突然,他朝沙里科夫抬起眼睛,暗哑而又机械地问:

"您是怎么处理这些……死猫的?"

"皮做大衣,"沙里科夫回答,"肉做食品,赊给工人。"

这以后住宅里安静了,并且整整安静了两天两夜。波利格拉夫·波利格拉福维奇早晨坐卡车出去,晚上回来,静静地同菲利普·菲利波维奇和博尔缅塔尔一起用晚餐。

尽管博尔缅塔尔和沙里科夫睡一个房间——检查室,他们互不说话。这样,博尔缅塔尔反倒首先感到寂寞了。

两天后,家里来了一个画眼圈、穿肉色丝袜的清瘦女郎,见了屋里豪华的陈设,十分尴尬。

她穿一件低档的旧大衣,跟在沙里科夫后面,不料在前室遇见了教授。

教授慌忙站住,稍稍眯起眼睛问:

"请问这位是谁?"

"我要跟她登记结婚。她是我们科里的打字员,往后跟我住。博尔缅塔尔应当搬出检查室,他自个儿有房子。"沙里科夫沉着脸,极不友好地解释。

菲利普·菲利波维奇眨眨眼睛,望着脸红的女郎,稍稍想了想,十分客气地向她发出邀请。

"我想请您上我诊室坐坐。"

"我跟她一块儿去。"沙里科夫起了疑心,赶紧说。

这时仿佛从地下倏地钻出了博尔缅塔尔。

"对不起,"他说,"教授想和这位女士谈谈,咱俩就在这儿耽一会儿。"

"我不愿意。"沙里科夫恶狠狠地拒绝,急于跟住满脸羞愧的女郎和菲利普·菲利波维奇。

"不行,请原谅。"博尔缅塔尔一把抓住沙里科夫的手,两人一起进了检查室。

约莫有五分钟,诊室里毫无动静。后来,突然隐隐传出女郎的哭声。

菲利普·菲利波维奇站在写字台旁,女郎用肮脏的花边手帕捂住脸,不住哭泣。

"他说是打仗受的伤,这个坏蛋。"女郎痛哭。

"撒谎。"菲利普·菲利波维奇断然回答。他摇摇头,又说:"我真的可怜您,总不能遇到什么人,仅仅因为他有地位,就稀里糊涂地……孩子,这太不像话……这样吧……"他拉开写字台抽屉,取出三张票子,一共三十卢布。

"我会死的,"女郎啜泣着,"食堂里天天都是咸肉……他还威胁我……说他是红军军官……还说跟着他,我可以住讲究的房子……天天吃菠萝……他心肠好,只恨猫。他要了我一枚戒指,说是信物……"

"这不,这不,这不,还心肠好呢……'从塞维利亚到格林纳达',"菲利普·菲利波维奇喃喃说,"您得挺住,您还年轻……"

"难道真的是在这个门洞里?"

"请收下,这是借给您的。"菲利普·菲利波维奇大声说。

随后,房门庄严地打开,博尔缅塔尔应菲利普·菲利波维奇的请求,把沙里科夫带了进来。沙里科夫眼睛滴溜溜地转着,头上的毛竖得笔直,像把刷子。

"卑鄙。"女郎脱口而出,哭红的眼睛、抹糊的眼圈和扑粉的鼻子闪着泪光。

"为什么您头上有疤?劳驾您给这位女士说说。"菲利普·菲利波维奇婉转地问。

沙里科夫孤注一掷:

"我和高尔察克部队作战,在前线受的伤。"他狗叫似的说。

女郎站起来,大哭着朝外走去。

"别哭!"菲利普·菲利波维奇望着她的背影喊,"等等,请把戒指给我。"他转而对沙里科夫说。

沙里科夫顺从地从手指上取下一枚假的绿宝石戒指。

"哼,行呵,"他突然恶狠狠地说,"有你好的。我明天就裁员,把你裁掉。"

"别怕他,"博尔缅塔尔望着她的背影喊,"我不会让他这么干的。"他转过身,两眼一瞪,吓得沙里科夫连连倒退,后脑勺撞到玻璃柜上。

"她姓什么?"博尔缅塔尔问,"姓什么?!"他吼起来,一刹那间,变得野蛮而又可怕。

"瓦斯涅佐娃。"沙里科夫回答,四下张望,寻找脱身的办法。

"我会每天向公用事业局查询,"博尔缅塔尔抓住沙里科夫皮夹克宽大的翻领,一字一句地说,"有没有把瓦斯涅佐娃公民裁掉。要是您敢……把她裁掉,我知道了,我就……亲手在这儿毙了您。小心,沙里科夫,我可说明白了!"

沙里科夫目不转睛地望着博尔缅塔尔的鼻子。

"我们也有手枪……"沙里科夫嘟哝着顶了一句,但听起来有气无力。突然,他看准机会,一溜烟地朝门口跑去。

"小心!"背后传来博尔缅塔尔的喊声。

这天夜里和第二天上午,寂静犹如雷雨前

的乌云,笼罩寓所。所有的人一言不发。但第三天,清早起来就被不祥的预感搅得心烦的波利格拉夫·波利格拉福维奇,阴沉地坐着卡车去上班后,普列奥布拉任斯基教授在非门诊时间接待了一位自己原先的病人,一个穿军服的高大胖子。那人坚持要见教授,终于取得教授许可。走进诊室,他两脚啪地一并,礼貌地向教授行了军礼。

"又疼了,亲爱的?"消瘦的菲利普·菲利波维奇问,"请坐。"

"谢谢。不,我很好,教授,"客人说着把盔形帽放在写字台角上,"我非常感激您……嗯……我找您,是为别的事,菲利普·菲利波维奇……我对您十分尊敬……嗯……所以我想让您有所警惕。显然是胡说。无非这家伙是浑蛋……"病人把手伸进皮包,掏出一张纸,"幸好直接送到我手里……"

菲利普·菲利波维奇在眼镜上又加了一副夹鼻眼镜，念起来。他久久地轻声念着，脸一会儿红，一会儿白。"……他还扬言要枪毙公寓管委会主任施翁德尔同志，由此可见，他私藏枪支。他是个明目张胆的孟什维克，和不报户口、秘密居住在他家的助手博尔缅塔尔·伊凡·阿诺尔多维奇一起发表反动言论，甚至吩咐女仆季娜伊达·普罗科菲耶夫娜·布宁娜把恩格斯的著作扔进炉子烧掉。签名：清除无主动物科科长波·波·沙里科夫。情况属实。公寓管委会主任施翁德尔，秘书佩斯特鲁欣。"

"您能让我留下这份东西吗？"菲利普·菲利波维奇问，气得脸无人色，"噢，对不起，也许您还需要这份东西，公事嘛，总得公办。"

"请原谅，教授，"病人委实生气，鼻翼鼓起，"您太小看我们了，我……"他噘起嘴，模样活像一只高傲的火鸡。

"噢,对不起,对不起,亲爱的!"菲利普·菲利波维奇喃喃说,"请原谅,我确实不想得罪您。亲爱的,别生气,这家伙太伤我的心……"

"我也这么想,"病人消气,"反正,是个卑鄙透顶的浑蛋!真想看看这家伙。莫斯科关于您的传说很多,简直像神话……"

菲利普·菲利波维奇只是绝望地挥挥手。这时,病人发现,近来教授的背驼了,甚至头发都似乎有点白了。

罪行成熟,就会坠落,仿佛石头。一般都这样。波利格拉夫·波利格拉福维奇提心吊胆地乘卡车回来。菲利普·菲利波维奇唤他去检查室。惊讶的沙里科夫踏进房间,怀着朦胧的恐惧,瞧了瞧博尔缅塔尔脸上那对枪口,随后又瞧了瞧菲利普·菲利波维奇。一团烟雾在助手周围飘拂，他拿烟的左手在产科座椅锃亮的扶手上微微颤抖。

菲利普·菲利波维奇十分冷静地宣布了一个灾难性的决定：

"收拾东西：裤子、大衣，您要用的一切，马上从家里滚出去！"

"这是怎么啦？"沙里科夫着实诧异。

"从家里滚出去，今天。"菲利普·菲利波维奇单调地重复，眯起眼睛，看着自己的手指甲。

魔鬼附到波利格拉夫·波利格拉福维奇身上。显然，死神已经守候着他，灾难就在他背后。他自己投入了无可避免的怀抱，狗叫似的恶狠狠喊道：

"这究竟是怎么啦！难道我还治不了你们两个？我在这儿享有十一平方米的面积，我就住着。"

"您走吧。"菲利普·菲利波维奇诚恳地轻轻说。

沙里科夫自己请出了死神。他举起左手,散发出死猫腥臭的手指,朝菲利普·菲利波维奇做了个侮辱的动作。随后,右手从衣袋里掏出手枪,对准危险的博尔缅塔尔。博尔缅塔尔手中的香烟,就像流星陨落。几秒钟后,惊恐的菲利普·菲利波维奇在碎玻璃上,一跳一蹦地从柜子向长沙发跑去。长沙发上躺着四脚朝天、喘着粗气的清除无主动物科科长,外科医生博尔缅塔尔骑在他胸口上,用一只小小的白色垫子堵住他的嘴巴和鼻子。

过了几分钟,满脸杀气的博尔缅塔尔大夫走到寓所门口,在门铃边上贴了条子:

"今日教授因病停诊。请勿按铃,以免

打扰。"

他用锃亮的小刀割断门铃的电线,对着镜子照了照自己被抓破的脸和被抓伤的微微颤抖的手。随后,他走到厨房门口,对神色紧张的季娜和达里娅·彼得罗夫娜说:

"教授请你们不要出去。"

"好。"季娜和达里娅·彼得罗夫娜怯生生地回答。

"请让我锁上后门,拿走钥匙,"博尔缅塔尔躲在门后的阴影里,手掌遮脸,"这是临时措施,不是不相信你们。万一来人,你们顶不住,会开门的,但我们不能受干扰。我们有事。"

"好。"两个女人回答,脸唰地白了。博尔缅塔尔锁上后门,锁上前门,锁上走廊通前室的门,随后,他的脚步声在检查室里消失。

寂静笼罩寓所,漫向所有角落。暮色也弥漫

进来，令人厌恶、警觉的暮色，总之，一片昏暗。确实，后来据院子对面的街坊说，这天晚上似乎普列奥布拉任斯基家检查室面朝院子的窗户里，所有的灯全都亮着，他们甚至看到教授本人戴着白帽子……这些都很难查证。确实，完事后，连季娜也说，博尔缅塔尔和教授从检查室出来，伊凡·阿诺尔多维奇把她吓得半死：似乎他蹲在诊室的壁炉前，焚烧自己从教授病人的病历中抽出的蓝皮笔记本！似乎大夫的脸色铁青，脸上，嗯，脸上全是抓痕。那天晚上，菲利普·菲利波维奇也像换了个人。还有……不过话说回来，也许，这位普列奇斯坚卡寓所里的天真姑娘在胡编乱造……

但有一点可以保证：那天晚上，寓所里一片令人毛骨悚然的寂静。

尾声

检查室里的战斗过去十天后,一天深夜,奥布霍夫巷普列奥布拉任斯基家里响起刺耳的门铃声。

"刑警和侦查员。劳驾开一下门。"

奔跑的脚步声、敲门声。门外的人陆续进来。不一会儿,灯光灿烂,柜子重新配上玻璃的候诊室里聚集了好些人。两个穿警察制服,一个穿黑大衣、夹着皮包、幸灾乐祸、脸色苍白的施翁德尔主任,穿男装的女人,门卫费奥多尔,季娜,达里娅·彼得罗夫娜和没结领带、羞怯地遮着脖子的博尔缅塔尔。

诊室门一开,走出菲利普·菲利波维奇。他穿着惯常的浅蓝色睡衣。所有的人立即发现,最近一星期内,菲利普·菲利波维奇的身体好多了。仍是原先威严、矫健、自重的菲利普·菲利波维奇,站在深夜来访的客人面前,并对自己穿着睡衣表示歉意。

"没关系,教授。"穿便衣的人十分尴尬地回答。随后他犹豫一下,重又开口说:"非常扫兴。我们有搜查证,要搜查您的住宅,还有,"那人斜了一眼菲利普·菲利波维奇的髭须,"还有逮捕证,这取决于搜查结果。"

菲利普·菲利波维奇眯缝眼睛,问:

"起诉的理由,我放肆地问一句,再说,告谁?"

那人搔搔腮帮,从皮包里取出一张纸,念道:

"兹控告普列奥布拉任斯基、博尔缅塔尔、季娜和达里娅·彼得罗夫娜谋杀莫斯科公用事业局清除无主动物科科长波利格拉夫·波利格拉福维奇·沙里科夫。"

季娜的哭声盖住了他念的最后几个字。一阵忙乱。

"我一点不明白,"菲利普·菲利波维奇说,像国王似的耸起肩膀,"哪个沙里科夫?呵,对不起,是不是我那条狗……我给做了手术的?"

"请原谅,教授,不是狗,他已经是人了。问题就在这儿。"

"您指它能说话?"菲利普·菲利波维奇问,"但这并不意味着它就是人。不过,这并不重要。沙里克现在活着,绝对没人想杀它。"

"教授,"黑衣人诧异地扬起眉毛,"那得让我们见见他。他失踪十天了,恕我直言,材料对您非常不利。"

"博尔缅塔尔大夫,劳驾您了,让侦查员见见沙里克。"菲利普·菲利波维奇吩咐,一边接过搜查证。

博尔缅塔尔大夫讪讪一笑,走了出去。

他回来了,吹了声口哨。这时,诊室门里跳出一只模样奇特的狗,身上的毛有一块没一块。它像马戏团里经过训练的狗,只用两条后腿行走。随后,四脚着地,环视周围。候诊室里,凝固起坟墓般的寂静,仿佛果冻。这条模样骇人、额头上有道殷红刀疤的狗,重又两腿直立,笑了笑,坐到圈椅上。

第二个警察突然在胸前画了个大大的十字,往后一退,踩到季娜的两只脚上。

穿黑大衣的人没合上张开的嘴巴，语无伦次地说：

"怎么，请问……他在公用事业局供职……"

"我没派他去那儿，"菲利普·菲利波维奇回答，"施翁德尔先生给他开的介绍信，如果我没弄错的话。"

"我一点不明白，"黑衣人茫然地说，随即问第一个警察，"是他？"

"是他，"警察无声地回答，"模样是他。"

"是他，"响起费奥多尔的声音，"不过，这畜生又长了一身毛。"

"以前他能说话……咳……咳……"

"现在他还能说话，不过话越来越少，所以请您不要错过机会，要不他很快就哑巴了。"

"那为什么？"黑衣人轻轻问。

菲利普·菲利波维奇耸耸肩。

"科学还没发明把野兽变人的方法。我做了一次试验,但并不成功,这您已经看到了。有一阵子他能说话,后来开始回复到原先状态。返祖现象。"

"不要骂人。"狗突然在椅子上喊,站了起来。

黑衣人突然脸色发白,掉了皮包,身体朝一边倒去,一个警察赶紧从旁扶住,费奥多尔在后面托了一把。一阵忙乱。忙乱中听得最清楚的是三句话:

菲利普·菲利波维奇:"缬草酊!这是昏厥!"

博尔缅塔尔大夫:"要是施翁德尔再敢闯进普列奥布拉任斯基家,我就亲手把他从楼梯上扔下去。"

施翁德尔:"请把这句话记录在案。"

灰色的暖气片散发出暖气。窗帘遮住了普列

奇斯坚卡浓重的夜色和空中那颗孤星。万物的灵长,高傲的狗的恩人独自坐在圈椅里,沙里克侧身躺在皮沙发旁的地毯上。三月的雾气使狗每天上午感到头上那圈刀疤隐隐作痛。因为有暖气,到了傍晚,头痛便会过去。现在也是,慢慢、慢慢地松快了,狗的脑海里流淌着美好、舒坦的念头。

"我运气真好,真好,"狗想,开始打盹,"好得简直没法说。我算在这套寓所里住定了。现在我绝对相信我的血统不纯,里面不会没有纽芬兰狗的种气。我奶奶当年肯定是条放荡的母狗,喔,愿老祖宗在天国享福。确实,不知为什么他们在我头上切了好些口子,不过,结婚前会长好的。我们向来不操这份心。"

远处隐隐传来玻璃罐清脆的响声。被咬的人

在收拾检查室的柜子。

白发魔法师坐在那儿,嘴里哼着:

"驶向尼罗河神圣的堤岸……"

狗看到种种可怕的景象。高傲的人戴着滑腻的手套,把手伸进器皿,从中取出脑子——这个顽强、执着的人仍在继续探索什么,切割,观察,眯缝眼睛哼着:

"驶向尼罗河神圣的堤岸……"

1925年

译后记

保持一双干净的手

曹国维

《狗心》作于1925年初。在文学圈的小型朗读会上，布尔加科夫朗读了新作。众多作家称赞作品机智幽默，但在场的一位国家安全总局的工作人员听后，报告上级，表示否定。《狗心》被禁止出版。1926年5月7日，布尔加科夫寓所被搜，作家的日记和《狗心》打字稿被没收。三个月后，经高尔基和有关部门交涉，打字稿被归还作者。

1987年,《狗心》在苏联国内首次刊出（文学杂志《旗》第6期），引起轰动。1988年，小说被改编成电影，上映后，再次引起轰动。

书名《狗心》取自1922年出版的一部小说，其中有流行于小酒店的歌曲："……第二道菜 馅饼，蛙腿馅，伴葱，辣椒，还有狗心……"《狗心》暗示丘贡金是混迹于小酒店的流氓。此人在斗殴中被刺身亡。医学教授普列奥布拉任斯基把他的脑垂体移植到狗脑中。出乎意料，狗被"人化"，成了具有人形，又有供体思维和恶劣习性的沙里科夫。沙里科夫的可怕不仅在于他对社会主义的庸俗化。在他看来，社会主义无非就是"把东西拿来，平均分分"。这种不事创造性劳动，而着眼于现有财富平均分配的社会主义，必然导致社会的贫穷。沙里科夫智力低下，却自以为真理在握，把一切与流行观念相悖的言论，通通斥之为

"反动",他只想享受权利,拒绝承担义务。他告密、撒谎,以达到自己卑鄙的目的。最后,他进入国家机关,担任莫斯科公用事业局清除无主动物科科长。作为一个文学形象,沙里科夫曲折地反映了苏联现实生活中许多不正常的现象。

医学教授普列奥布拉任斯基是位真正的知识分子。他相信自己的眼睛,尊重事实,清醒而又耿直地指出,那些被粉饰太平的舆论称作"不可避免的枝节问题",实际上意味着倒退。社会生活混乱始于头脑混乱,他对此有感而发,批评社会意识的迷误。他从事科学研究,探索人类未知领域——优生学,寻找恢复人体青春的方法,不是为了赚钱。他对助手的忠告"到老也要保持一双干净的手",他不愿因为自己的过错祸及他人的处世原则,处处显示了他高尚的人品。博尔缅塔尔认为,沙里科夫长的是颗狗心,教授否认:

"在自然界所有的心里,就数人心最坏。"他从亲身经历中,得出颇有哲理意味的结论:强行改变事物规律,只能招来灾难。这也是整篇小说的题旨。

1927年初,布尔加科夫与出版绝缘。即便剧本,也屡屡被禁,但他笔耕不辍,视写作为生命。1932年10月4日,一位伟大的女性正式走进布尔加科夫的人生。叶莲娜·谢尔盖耶夫娜,放弃少将夫人的优裕生活,伴随作家,在艰难困苦中共度岁月。其激发的灵感改变了长篇小说《黑色魔法师》的构思,成就了"在俄罗斯和西欧文学中很难找到一部作品可以与之媲美"的"包罗万象的杰作"——《大师和玛格丽特》。

2018年6月

米哈伊尔·布尔加科夫年表

1891年
5月15日,米哈伊尔·阿法纳西耶维奇·布尔加科夫出生于基辅(现乌克兰首都)。父亲是基辅神学院教授,散文家、思想家和宗教文本翻译家;母亲为中学教师。家中七个孩子中的长子。

1901年
入读基辅第一中学,展现出对文学和戏剧的浓厚兴趣。他最喜欢的作家是果戈理、普希金、陀思妥耶夫斯基、萨尔蒂科夫·谢德林和狄更斯。

1907年
3月,父亲因重度慢性肾病去世,家庭经济陷入困境。母亲的坚韧性格对他产生重要影响。

1909年
考入基辅大学医学系,并开始尝试短篇小说创作。

1916年
尚未毕业的布尔加科夫应征入伍,编入莫斯科区军事卫生局预备役军官队伍。夏末被派往西南前线战地医院,后转至乡镇卫生院,这段经历成为《乡村医生手记》的素材。同年秋末,正式获得医师证。

1917 年
经历俄国革命与内战。因患白喉注射吗啡止痛导致药物成瘾,后在妻子的帮助下艰难戒除。这段亲身经历成为中篇小说《吗啡》的重要素材来源。

1918年
回到基辅,此时的家乡城市已经到处是德国人。布尔加科夫决定开私人诊所以养活动荡时局之下捉襟见肘的家庭。

1919 年
11 月 26 日,他以俄文姓名首字母署名,发表了报纸小品文《将来的前景》。加入白军担任军医,同时以通信员的身份给报纸撰稿。后因伤寒滞留北高加索。

1920 年
正式决定弃医从文,创作多个剧本。10 月,新成立的俄国剧院首演了布尔加科夫的剧本《图尔宾兄弟:钟响了》。

1921 年
穿越高加索,移居莫斯科,10 月开始担任教育人民委员会文学出版处的秘书,11月文学出版处解散。后从事记者、撰稿员和讽刺小品文写作,生活贫困。这一时期创作了大量揭露社会弊病的短篇。

1924 年
与柳博芙·叶甫盖尼耶夫娜·别洛泽尔斯卡娅相识并恋爱,与第一任妻子塔季扬娜·尼古拉耶夫娜离婚。

1925 年
开始连载长篇小说《白卫军》,描写内战时期知识分子命运,但未能以书籍形式出版。同年发表第一篇中篇小说《魔障》以及《不祥的蛋》。这一年,布尔加科夫光顾了好几个文学小组,并在其中一个小组朗读了《狗心》(遭苏联当局查禁,一直到1987年才得以在苏联出版)。

1926 年
改编自《白卫军》的戏剧《图尔宾一家的日子》在莫斯科艺术剧院首演,引发轰动但遭官方批判。寓所遭搜查,手稿及日记被没收。

1928 年
开始秘密创作《大师和玛格丽特》。

1929 年
所有作品遭禁演禁刊,陷入生存危机。

1930 年
请求出国未果,被安排为莫斯科艺术剧院助理导演。完成剧作《莫里哀》,后遭禁演。因政治压力,亲自焚毁《大师和玛格丽特》部分手稿。

1932 年
同柳博芙·叶甫盖尼耶夫娜解除婚约,随即同叶莲娜·谢尔盖耶夫娜·纽伦堡(也是玛格丽特的原型)结婚。开始重写长篇小说。

1938 年
完成《大师和玛格丽特》初稿,自知无法出版,向友人朗读手稿。

1940 年
3月10日因遗传性高血压肾病在莫斯科逝世,葬于新圣女公墓。临终前仍在修改《大师和玛格丽特》,叶莲娜·谢尔盖耶夫娜·布尔加科娃在布尔加科夫去世后竭力保存并推动该书出版。该书于1966年删节出版,完整版于1973年面世。

无界文库

001	悉达多	[德]赫尔曼·黑塞 著	杨武能 译
002	局外人	[法]阿尔贝·加缪 著	李玉民 译
003	变形记	[奥]弗朗茨·卡夫卡 著	李文俊 译
004	窄门	[法]安德烈·纪德 著	李玉民 译
005	瓦尔登湖	[美]亨利·戴维·梭罗 著	孙致礼 译
006	罗生门	[日]芥川龙之介 著	文洁若 译
007	雪国	[日]川端康成 著	高慧勤 译
008	红与黑	[法]司汤达 著	王殿忠 译
009	漂亮朋友	[法]莫泊桑 著	李玉民 译
010	地下室手记	[俄]陀思妥耶夫斯基 著	刘文飞 译
011	简·爱	[英]夏洛蒂·勃朗特 著	宋兆霖 译
012	老人与海	[美]欧内斯特·海明威 著	孙致礼 译
013	傲慢与偏见	[英]简·奥斯丁 著	孙致礼 译
014	金阁寺	[日]三岛由纪夫 著	陈德文 译
015	月亮与六便士	[英]威廉·萨默赛特·毛姆 著	楼武挺 译
016	斜阳	[日]太宰治 著	陈德文 译
017	小妇人	[美]路易莎·梅·奥尔科特 著	梅静 译
018	人类群星闪耀时	[奥]斯蒂芬·茨威格 著	潘子立 译

019	我是猫	[日]夏目漱石 著	竺家荣 译
020	伤心咖啡馆之歌	[美]卡森·麦卡勒斯 著	李文俊 译
021	伊豆的舞女	[日]川端康成 著	陈德文 译
022	爱的饥渴	[日]三岛由纪夫 著	陈德文 译
023	假面的告白	[日]三岛由纪夫 著	陈德文 译
024	白夜	[俄]陀思妥耶夫斯基 著	郭家申 译
025	涅朵奇卡	[俄]陀思妥耶夫斯基 著	郭家申 译
026	带小狗的女人	[俄]契诃夫 著	沈念驹 译
027	狗心	[苏]米哈伊尔·布尔加科夫 著	曹国维 译
028	黑暗的心	[英]约瑟夫·康拉德 著	黄雨石 译
029	美丽新世界	[英]阿道斯·赫胥黎 著	章艳 译
030	初恋	[俄]屠格涅夫 著	沈念驹 译
031	舞姬	[日]森鸥外 著	高慧勤 译
032	一个孤独漫步者的遐想	[法]让-雅克·卢梭 著	袁筱一 译
033	欧也妮·葛朗台	[法]巴尔扎克 著	傅雷 译
034	高老头	[法]巴尔扎克 著	傅雷 译
035	田园交响曲	[法]安德烈·纪德 著	李玉民 译
036	背德者	[法]安德烈·纪德 著	李玉民 译
037	鼠疫	[法]阿尔贝·加缪 著	李玉民 译
038	好人难寻	[美]弗兰纳里·奥康纳 著	于是 译
039	流动的盛宴	[美]欧内斯特·海明威 著	李文俊 译
040	一个青年艺术家的画像	[爱尔兰]詹姆斯·乔伊斯 著	黄雨石 译
041	太阳照常升起	[美]欧内斯特·海明威 著	吴建国 译
042	永别了,武器	[美]欧内斯特·海明威 著	孙致礼 译

043	理智与情感	[英]简·奥斯丁 著	孙致礼 译
044	呼啸山庄	[英]艾米莉·勃朗特 著	孙致礼 译
045	一间自己的房间	[英]弗吉尼亚·伍尔夫 著	步朝霞 译
046	流放与王国	[法]阿尔贝·加缪 著	李玉民 译
047	巴黎圣母院	[法]维克多·雨果 著	李玉民 译
048	卡门	[法]梅里美 著	李玉民 译
049	伪币制造者	[法]安德烈·纪德 著	盛澄华 译
050	潮骚	[日]三岛由纪夫 著	唐月梅 译
051	了不起的盖茨比	[美]F.S.菲茨杰拉德 著	吴建国 译
052	夜色温柔	[美]F.S.菲茨杰拉德 著	唐建清 译
053	包法利夫人	[法]居斯塔夫·福楼拜 著	罗国林 译
054	羊脂球	[法]莫泊桑 著	李玉民 译
055	一个陌生女人的来信	[奥]斯蒂芬·茨威格 著	韩耀成 译
056	象棋的故事	[奥]斯蒂芬·茨威格 著	韩耀成 译
057	古都	[日]川端康成 著	高慧勤 译
058	大师和玛格丽特	[苏]米哈伊尔·布尔加科夫 著	曹国维 译
059	禁色	[日]三岛由纪夫 著	陈德文 译
060	鳄鱼街	[波兰]布鲁诺·舒尔茨 著	杨向荣 译
061	呐喊		鲁迅 著
062	彷徨		鲁迅 著
063	故事新编		鲁迅 著
064	呼兰河传		萧红 著
065	生死场		萧红 著
066	骆驼祥子		老舍 著

067	茶馆	老舍 著
068	我这一辈子	老舍 著
069	竹林的故事	废名 著
070	春风沉醉的晚上	郁达夫 著
071	垂直运动	残雪 著
072	天空里的蓝光	残雪 著
073	永不宁静	残雪 著
074	冈底斯的诱惑	马原 著
075	鲜花和	陈村 著
076	玫瑰的岁月	叶兆言 著
077	我和你	韩东 著
078	是谁在深夜说话	毕飞宇 著
079	玛卓的爱情	北村 著
080	达马的语气	朱文 著
081	英国诗选	[英]华兹华斯 等 著　王佐良 译
082	德语诗选	[德]荷尔德林 等 著　冯至 译
083	特拉克尔全集	[奥]格奥尔格·特拉克尔 著　林克 译
084	拉斯克－许勒诗选	[德]拉斯克－许勒 著　谢芳 译
085	贝恩诗选	[德]戈特弗里德·贝恩 著　贺骥 译
086	杜伊诺哀歌	[奥]里尔克 著　林克 译
087	致俄耳甫斯的十四行诗	[奥]里尔克 著　林克 译
088	巴列霍诗选	[秘鲁]塞萨尔·巴列霍 著　黄灿然 译
089	卡瓦菲斯诗集	[希腊]卡瓦菲斯 著　黄灿然 译
090	智惠子抄	[日]高村光太郎 著　安素 译

091	红楼梦	[清]曹雪芹 著
092	西游记	[明]吴承恩 著
093	水浒传	[明]施耐庵 著
094	三国演义	[明]罗贯中 著
095	封神演义	[明]许仲琳 著
096	聊斋志异	[清]蒲松龄 著
097	儒林外史	[清]吴敬梓 著
098	镜花缘	[清]李汝珍 著
099	官场现形记	[清]李宝嘉 著
100	唐宋传奇	程国赋 注评
101	茶经	[唐]陆羽 著
102	林泉高致	[宋]郭熙 著
103	酒经	[宋]朱肱 著
104	山家清供	[宋]林洪 著
105	陈氏香谱	[宋]陈敬 著
106	瓶花谱 瓶史	[明]张谦德 袁宏道 著
107	园冶	[明]计成 著
108	溪山琴况	[明]徐上瀛 著
109	长物志	[明]文震亨 著
110	随园食单	[清]袁枚 著